AF220371

# Autorenclub Donau-Ries
www.autorenclub-donau-ries.de

# Öffne das Tor zum
# **Geschichtengarten**

## Das Kurzgeschichtenbuch

Bibliografische Information der
Deutschen Nationalbibliothek:

Die Deutsche Nationalbibliothek verzeichnet diese Publikation in der Deutschen Nationalbibliografie; detaillierte bibliografische Daten sind im Internet über http://dnb.dnb.de abrufbar.

2. Auflage
© 2023, Donau-Ries Autorenclub
Titelbild: Bernadette Lang
Herstellung und Verlag:
BoD – Books on Demand, Norderstedt
ISBN: 9783753497211

# Inhaltsverzeichnis

# Günter Schäfer

Günter Schäfer, geboren in Rain am Lech, seit 1989 wohnhaft in Reimlingen, schreibt Kriminalgeschichten aus dem Donau-Ries, sofern ihm neben seinem Hauptberuf als Fachinformatiker die Zeit dazu bleibt. Zuletzt erschien Ende 2019 „Die Tote vom Mangoldfelsen", ein Donauwörther Lokalkrimi. Weitere Informationen unter **www.donauries-krimi.de**

# Corona – Eine tierisch heiße Zeit

Corona bedeutet: sich einschränken, Abstand halten, verzichten. Da bleibt oftmals nur wenig oder auch gar keine Zeit für Zweisamkeit. Außer man befindet sich zu zweit in vertrauter Umgebung zuhause. Das bedeutet für so manchen in dieser Zeit: Nähe, dabei sehnsuchtsvolle Blicke, verlockende Aussichten. Die Folgen sind dabei, oft gewünschterweise, unausweichlich. So geschehen auch in unmittelbarer Umgebung unseres Hauses.

Ich saß an diesem Tag auf der Terrasse, als ich mit einem Mal sehr eindeutige Geräusche vernahm. Vorsichtig, jedoch auch neugierig versuchte ich, den Ort des Geschehens auszumachen. Schließlich, aus sicherer Entfernung, versteckt hinter einer niedrigen Bretterwand, erblickte ich die eingegrenzte, mediterran gestaltete Gartenfläche. Sonnige Bereiche, durchbrochen von bepflanzten Wildkräuterinseln, dazu ein Schatten spendender Unterstand. Ein leichter Hauch von Salbei und Lavendel lag in der Luft. Alles in allem eine traumhafte Landschaft, die ein Liebespaar geradezu dazu einlud, das ewig dauernde Spiel der Liebe zu spielen.

Hinter einer niedrigen Staude erkannte ich schließlich das Pärchen, winkte meine Frau heran und legte dabei kurz den Zeigefinger auf meine Lippen. Ich deutete ihr an, leise zu sein, um das Pärchen in seiner Zweisamkeit nicht zu stören. Mit einem vielsagenden Lächeln zwinkerte ich ihr zu, wobei ich in Richtung des abgegrenzten Bereichs deutete. Nach jedoch nur wenigen Augenblicken der Beobachtung meinte sie zu mir, dass es sich nicht gehöre, die intimsten Momente zweier sich

Liebender so schamlos zu beobachten. Dennoch war auch sie nach kurzer Zeit erstaunt über das äußerst intensive und ausdauernde Vorspiel, das sich unseren Augen bot. Es schien gerade so, als würde er von seiner Angebeteten stets aufs Neue abgewiesen werden, nachdem er sein Ziel beinahe erreicht hatte. Als wäre sie von einem Schutzpanzer umgeben, so prallten seine Annäherungsversuche immer wieder von ihr ab. Beinahe flehentlich versuchte er, ihr seine glühende Leidenschaft zu vermitteln, wollte ihr zeigen, wie sehr er sich nach ihr verzehrte. Diese, auch hörbaren Bemühungen trieben uns heimlichen Zuschauern die Röte ins Gesicht. Trotz der moralischen Bedenken meiner Frau zückte ich mein Smartphone, um das vor unseren Augen stattfindende erotische Spiel digital festzuhalten. Das Aufeinandertreffen unserer Blicke war dabei genauso heftig wie der unmittelbar darauffolgende Ellenbogenstoß, der schmerzhaft auf meine Rippen traf. Doch ließ ich mich wegen dieser körperlichen Ermahnung nicht davon abhalten, weiterhin gebannt auf das Pärchen vor uns zu schauen, bei dem sie immer wieder verzweifelt versuchte, seinen körperlichen Attacken zu entfliehen.

„Die Arme", flüsterte meine Frau mitleidsvoll, als wir sahen, dass diese Bemühungen nur kurzzeitig Erfolg hatten.

„Wieso *die* Arme?", gab ich leise fragend zurück, wobei ich das Wörtchen *die* besonders betonte. „Sie stachelt ihn durch ihr zaghaftes Davonlaufen doch regelrecht an, indem sie immer wieder stehenbleibt, bis er sie eingeholt hat! Kein Wunder, dass die Männer dadurch verrückt werden!"

11

Kurz darauf allerdings war mehrfach zu vernehmen, dass die Ausdauer des Liebhabers belohnt wurde.

„Typisch Mann", kam es von meiner Frau. „Trieb befriedigt, aber nicht an Verhütung gedacht. Wenn's danebengeht, darf sie das Ergebnis allein austragen."

Nun, es gab zwar letzten Endes das vorherzusehende Ergebnis, ausgetragen werden musste es von ihr jedoch nicht. Die sieben Schildkröteneier, die meine Frau einige Wochen später im Gehege fand, waren von der werdenden Mutter fein säuberlich und liebevoll abgelegt worden. Schildkröteneier, je nachdem, wie lange sie schon im warmen Boden gelegen haben, dürfen nicht mehr gedreht werden. Deshalb wurde der mögliche Nachwuchs nun in archäologischer Kleinarbeit mit einem Pinsel freigelegt und umgebettet. In einem geeigneten, mit Sand gefüllten Behälter wartet das werdende Leben nun unter einer Wärmelampe darauf, seiner Behausung irgendwann im September entschlüpfen zu dürfen.

# Herbsteinkauf?

Ein frühmorgendlicher Blick auf den Kalender zeigt mir, dass der Herbstanfang kurz bevorsteht. Die letzten heißen Tage sind angebrochen. Die Wetterprognosen sprechen von nochmals bis zu dreißig Grad, bevor es, der Jahreszeit entsprechend, auf dem Thermometer nun endgültig abwärtsgehen soll. Das bedeutet nun auch für mich, den Garten auf die kommende Jahreszeit vorzubereiten. Also ab in den Geräteschuppen und nachgesehen, was an Gartenwerkzeug noch tauglich bzw. zu erneuern ist. Da das Wochenende vor der Türe steht, geht's am nächsten Tag gleich nach dem Frühstück los zu einem der entsprechenden Fachmärkte. Allerdings: wie so oft überzeugt das erste Angebot nicht immer sofort, es soll ja auch der Preis stimmen. Doch wie in vielen anderen Städten, so gibt es ja auch in Nördlingen nicht nur einen Anbieter für die Dinge, die das Heimgärtnerherz begehrt. Also auch mal sehen, was bei den Mitanbietern zu finden ist.

Nachdem die Geschäfte stets ihr Sortiment der Jahreszeit entsprechend anpassen, wobei dafür erst mal Platz geschaffen wird, finde ich ja vielleicht sogar noch ein Schnäppchen, das ich im kommenden Jahr gebrauchen könnte. So dachte ich jedenfalls, als ich vom Auto langsam in Richtung Eingang schlenderte. Doch zunächst ergatterte ich etwas, das überhaupt nicht auf meiner Liste stand. Auf einem Teil des Parkplatzes vor dem Eingang standen aufgereiht mehrere Futterhäuschen, jeweils montiert auf einem dreibeinigen Gestell aus Birkenholz. Stabil, schön anzusehen und auch ein einigermaßen angemessener Preis, wie bei näherem Betrachten festzustellen war. Damit habe ich, in Shorts und T-Shirt gekleidet, zwar nicht unbedingt jetzt schon gerechnet, aber der nächste Winter kommt ja bestimmt. Also nahm ich mir vor, das Häuschen mitzunehmen und am Ende meines Einkaufs an der Kasse zu bezahlen. Somit können wir zuhause einen kleinen Beitrag zum Überwintern der Vogelschar in unserem Garten leisten.

Auf meinem Weg in Richtung Freigelände lag auch das kleine Areal mit den Gartenmöbeln. Es wäre zu schön gewesen, zum Ende der Sommersaison noch günstig ein paar neue Polsterauflagen zu bekommen. Doch was erblickte ich stattdessen? Leergeräumte Stellflächen und Regale. Das heißt: ganz leergeräumt war es nicht mehr, denn dort befanden sich schon wieder verschiedene Baumaterialien zur Neugestaltung der Fläche. Ebenso zwei Stehleitern, die zum Anbringen dunkelblauer Tuchbahnen an den Deckenstreben benötigt wurden. Als ich schließlich auch noch einen mit Tannenwedeln bestückten Balken erblickte, wurde mir bewusst: wie auch schon in den vergangenen Jahren hat man scheinbar wieder einmal etwas Entscheidendes vergessen.

Den Herbst, der als dritte Jahreszeit eine besondere Aufgabe erfüllt. Er ist die Übergangszeit, in der sich das Leben in der Natur langsam zurückzieht, zur Ruhe kommt, auf den Winter vorbereitet. Vergleiche ich die Situation einmal mit mir selbst, würde ich mich vom Arbeitsleben, dem Sommer, direkt auf die letzte Jahreszeit, das Sterben vorbereiten, ohne den Herbst des Lebens zu genießen. Anstatt bei einem Waldspaziergang die Natur zu erleben, würde ich mir meine letzte Ruhestätte aussuchen. Werde ich bereits am kalendarischen Herbstanfang mit Lebkuchen, Spekulatius und Weihnachtsschmuck konfrontiert, vergeht mir die Lust auf einen Einkaufsbummel. Da muss sich Mutter Natur doch fühlen, als würden ihr die drei Monate ihres Lebens gestohlen werden, in denen sie ihre ganze Farbenpracht der dritten Jahreszeit präsentieren möchte. In denen sie sich auf eine Pause vorbereitet, um Kraft zu tanken, damit irgendwann wieder neues Leben erwachen kann.

Ohne Frage: die Adventszeit und die Weihnachtstage gehören zu den ganz besonderen Momenten eines Jahres. Allerdings würden es mir persönlich vollkommen ausreichen, wenn ich „Last Christmas" und all die anderen Ohrwürmer erst im Dezember zu hören bekäme, anstatt dass mein Gehör wohl bereits im Oktober wieder damit beschallt wird. Doch die Hoffnung stirbt ja bekanntermaßen zuletzt. Und dass ich in unserem Garten im kommenden Winter das Vogelfutter in das neue Futterhäuschen einstreuen werde, um die gefiederten Freunde satt zu bekommen, ist auch gewiss.

# Petra Plaum

Petra Plaum, 1972 in Pforzheim geboren, lebt seit Ende 2001 im Landkreis Donau-Ries – ihre drei Töchter sind echte Donauwörtherinnen. Sie arbeitet meistens als freie Fachjournalistin für Medizin und Bildung, ab und zu auch als Schriftstellerin. 2016 war sie Gründungsmitglied des Autorenclub Donau-Ries. Derzeit schreibt sie einen Gesundheits-Ratgeber, der 2021 erscheinen soll. Mehr Info und Kontakt über **www.petra-plaum.de**

# Das Abschiedsgeschenk

## Mai

Auf dem Fotografenfoto über dem Fernseher sehen wir fast aus wie Fotomodelle: hochgewachsen, schlank, einander anstrahlend. Augen und Haare glänzen. Da liebte er mich noch, er schwärmte: „Du bist schön, klug und auch noch eine tolle Hausfrau."

Nicht einmal ein Jahr ist seitdem vergangen – heute klingt er ganz anders. Wenn ich mich vor ihm ausziehe, raunzt er mich an: „Du hast schon wieder neue Dellen an den Oberschenkeln. Geh doch mal wieder ins Fitnesscenter." Verstehe ich irgendetwas am Computer nicht und frage ihn um Rat, nennt er mich Dummchen. Und den Haushalt erledige ich ihm viel zu nachlässig.

Neulich war da mal Staub auf einem Beistelltisch. „S-A-U", schrieb er hinein und sah mich anklagend an. Jawohl, ich hab's vergessen. Aber die Prüfungsvorbereitung frisst viel Zeit, und ich arbeite 25 Stunden pro Woche im Callcenter. Schließlich zahle ich von allem die Hälfte – *ich* habe meinen Stolz und *er* will keine Frau durchfüttern. Wäre er nicht optisch und intellektuell mein Traummann, hätten wir nicht solch ein gutes erstes Jahr zusammen gehabt, ich wäre längst weg. Dem strahlenden Mädchen auf dem Fotografenfoto sehe ich kaum mehr ähnlich mit diesen Augenringen.

## Juni

Strand. Meer. Blau. Türkis. Manchmal denke ich, unser Alltag zuvor war nur ein böser Traum. Unser Lieblingskellner nennt uns „schönstes Paar". Der Wein wischt die Sorgen weg. Im Abendlicht spazieren wir

Hand in Hand am Meer entlang und überlegen uns Namen für unsere Kinder. Was für ein wunderbarer Kurzurlaub! Am letzten Abend packe ich fröhlich summend meinen Koffer, als ich seinen Schrei höre. Ich stürme ins Bad. Zitternd und leichenblass steht er da, zeigt auf eine Kakerlake, die das Waschbecken durchquert. „Ach, die", sage ich ruhig, „steht doch im Reiseführer, die sind hier überall. Ist eben warm und feucht." „Ka-ka-ka-kerlaken!", stammelt er. „So was Ekliges! Ich will heim und mein Geld zurück!" Weg ist sie, die Leichtigkeit.

## Juli

Die Prüfungen nahen. Tagsüber arbeite ich, nachts lerne ich. Vor Müdigkeit wird mir oft schwindelig. Und mein Freund? Zählt Krümel. Er ist erkältet und krankgeschrieben. Ich koche ihm Ingwertee mit Zitrone, bringe ihm Essen ans Bett. Er jammert und meckert abwechselnd. „Dein Arsch ist fetter geworden, oder täusche ich mich?" – „Solltest du nicht mal wieder staubsaugen?" – „Diese Suppe ist ekelhaft. Was kannst du überhaupt?"

Ich werde keine Kinder von ihm haben! So viel steht fest. Das Gute an der Verzweiflung: Sie hält wach. Wenn ich nachts nicht mehr lernen kann, suche ich online nach Wohnungen. Da – zwei Zimmer, zentral und hell! Der Besichtigungstermin ist morgen Nachmittag. Da kann ich im Callcenter Pause machen. Er wird es nicht merken.

## August

Der Auszug war hart, aber anders als gedacht. Er fluchte, beschimpfte mich – ihn so zu enttäuschen, nun müsse er die teure Miete allein tragen! Für den Kurzurlaub schulde ich ihm auch noch 500 Euro. Von Traurigkeit, gebrochenem Herzen, Vermissen – kein Wort! Ich weinte, weinte drei Tage und drei Nächte lang. Dann bestand ich meine erste Prüfung und erkannte: Das Leben würde weitergehen, ohne ihn.

Eine Woche lang bombardierte er mich mit wütenden E-Mails. Kurz danach traf ich einen früheren Nachbarn, der mich mit besorgter Miene fragte, ob es mir endlich bessergehe. Mit so einer Suchterkrankung sei ja nicht zu spaßen. Ich sah ihm fest in die Augen und sagte, das müsse ein Missverständnis sein. Mir gehe es bestens.

Das ist nun zwei Wochen her. Ich will Semmeln kaufen, da steht plötzlich mein Ex vor mir. Er begrüßt mich überschwänglich und stellt mir sogleich die neue Frau an seiner Seite vor. Endlose Beine, maximal 22, Typ Barbiepuppe. „Wir trafen uns beim Friseur. Es hat uns beide getroffen wie der Blitz", schwärmt er. „Nächste Woche zieht sie bei mir ein. Da du gerade da bist … könntest du mal vorbeikommen und deine ganzen Bücher holen? Wir brauchen den Platz." Ich nicke und grinse, vermutlich ziemlich dümmlich, und fühle mich erleichtert: Nun bin ich ihn wirklich los!

## September

Über dem Fernseher hängt jetzt ihr Bild. Sie ist reich geboren, muss nicht arbeiten, sagt er. Putzt und kocht

19

für ihr Leben gern. Im Bett kann sie nie genug kriegen. Ein echter Jackpot.

„Fertig siehst du aus", meint er dann wie ein besorgter Vater.

„Vier Wochen bis zur letzten Prüfung, dann schlafe ich mich aus", entgegne ich und lege meine Bücher in die mitgebrachte Tasche. „Ich müsste nur noch schnell … darf ich?" – „Wenn du die Klobürste benutzt und beim Händewaschen nicht spritzt." –

„Keine Angst, ich werde keine Spuren hinterlassen", entgegne ich sanft und denke: jedenfalls nicht solche. Das Plätschern der Spülung überdeckt das leise „rrratsch" des Plastikdöschen-Deckels. Zwei Handbewegungen und mein Mitbringsel ist angekommen. Die argentinischen Waldschaben sitzen im Spalt zwischen Waschmaschine und Wand. „Seid fruchtbar und mehret euch", flüstere ich ihnen zu. Das Döschen in der Tasche verstecken, die Hände waschen, ein letzter Blick in den Spiegel: Die Augenringe sind schlimm, doch die Augen darüber funkeln.

Als ich gestern diese Kakerlakenart im Schaufenster eines Zooladens entdeckte, konnte ich nicht widerstehen. Für Menschen ungefährlich, hat der Verkäufer gesagt. Für mein Seelenheil sind diese Tierchen jetzt und hier sogar ausgesprochen gesund.

# Ab heute eine Göttin

Selbstbewusst! Wer! Ich? Na klar doch! Seit heute, acht Uhr siebenundzwanzig. Da las ich in meiner Lieblingsillustrierten nämlich einen Artikel zum Thema „Weck die Göttin in dir". Den las ich gar nicht erst zu Ende, sondern machte mir auch so meine Gedanken. Eine Göttin! Klar, eigentlich bin ich ja eine Göttin! Fruchtbar, schöpferisch, wohlgerundet ... also ab heute nicht mehr „zu dick", sondern „wohlgerundet". Alles eine Sache der Auffassung! Oder habt ihr schon mal eine dürre Göttin gesehen?

Als Göttin räumte ich den Tisch nicht ab, sondern ging erst mal genüsslich spazieren. Jetzt im Herbst, wo die Touristen fast ganz weg sind und die Bäume so bunt, ist Nördlingen doppelt schön. Ich lustwandelte die Stadtmauer entlang, danach durch die Läden in der Fußgängerzone, erste Weihnachtsgeschenkideen sammeln. Wieder daheim, schlurfte erst mal ins Badezimmer und ließ mir eine Wanne ein. Ich benutzte nicht nur die teure Bodylotion, die ich vor Jahren geschenkt bekommen hatte und die seither ungeöffnet auf sinnliche Stunden wartete, sondern auch eine Beautymaske, später den halb eingetrockneten Nagellack und ordentlich Schminke. Lockenwickler sollten mir eine Mähne bescheren. Danach trank ich Sekt. Der macht müde. Also wanderte ich ins Bett, um ein göttliches Nickerchen zu machen.

Das Telefon weckte mich leider unsanft: „Hier der Kindergarten, Sie haben vergessen, Ihre Söhne abzuholen." Auweia! Fast hätte ich meine divinöse Ruhe verloren, dann aber dachte ich daran, dass ich sonst immer superpünktlich gewesen war.

Müssen Göttinnen perfekt sein? Nein! In aller Ruhe stellte ich mein Makeup wieder her und rollte die Lockenwickler aus meinem Haar.

„Hey, Mama, du siehst cool aus", begrüßte mich im Kindergarten prompt der Ältere. Dass wir zu McDonalds fuhren, weil ich weder das Frühstücksgeschirr abgeräumt noch den Kühlschrank gefüllt hatte, fanden beide „arschgeil". Ausnahmsweise ließ ich ihnen den Kraftausdruck durchgehen. Göttinnen stehen über so was drüber.

Den Nachmittag machten wir es uns himmlisch schön: Wir fuhren ins Erlebnis-Geotop Holheim. Die Jungs durften Steine klopfen, Fangerle spielen, in Pfützen hüpfen. Ich las ihnen alles vor, was auf den Tafeln über die Geschichte dieser Region geschrieben stand. Eine Göttin muss sich und ihren Nachwuchs bilden! Mit Bastelkastanien, besonders schönen Steinen und bunten Blättern in den Jackentaschen kehrten wir im Literaturcafé bei Ella ein. Der Kuchen schmeckte wie auf Wolke sieben. Leider fiel mein Blick auf die Uhr, und ich sah, dass es Zeit war, heimzufahren und das Abendessen vorzubereiten.

Zuhause halfen die Jungs mir beim Spülen und setzten den Boden unter Wasser. Na und? Göttinnen kriechen nicht auf allen Vieren auf dem Boden rum, um ein wenig Spülwasser aufzuwaschen, das doch von alleine irgendwann verdampft!

Leider kam mein Mann besonders früh nach Hause. „Nichts zum Abendessen da?" Er runzelte die Stirne.

Seine Miene hellte sich auf, als er mich genauer ansah. „Schick bist du heute!" Dann runzelte er wieder die Stirn. „Hab' ich was vergessen? Namenstag? Geburtstag? Oder etwa ... den Hochzeitstag?" – „Nein, ich habe heute einfach meinen Göttinnen-Tag", verkündete ich nonchalant. Er schüttelte den Kopf, murmelte etwas, das wie „Frauen spinnen doch" klang und holte für uns alle Tiefkühlpizza aus dem Eisfach. Die schmeckte uns allen schließlich auch.

Seine Gelassenheit verflog mit jedem Schritt, den er in unserer Wohnung zurücklegte. Durch das ungeputzte Bad. Das vollgekrümelte Wohnzimmer. Das Schlafzimmer, wo zwei Decken noch immer darauf warteten, zusammengelegt zu werden. „Wie sieht's denn hier aus?" – „Göttinnen putzen nicht", meinte ich und huschte zu den Buben ins Kinderzimmer, Gute-Nacht-Geschichten erzählen Göttinnen nämlich sehr wohl. Mein Mann machte derweil sauber. Als ich ins Bett huschte, hatte ich eine Idee und schmiegte mich an ihn. „Zu müde", knurrte er. „Diese Putzerei nach dem langen Arbeitstag! Hoffentlich bist du morgen wieder normal!"

Und ich? Schnappte mir den Vibrator, nun wissend, warum wahre Göttinnen die meiste Zeit ihres Lebens Single bleiben.

# Johann Enderle

Johann Enderle verbrachte seine Jugend im südlichen Franken und wohnt jetzt seit 22 Jahren in Monheim. 1951 geboren, hat er immer gerne Geschichten aufgeschrieben und erzählt. Schon in den Jugendjahren schrieb er Artikel für verschiedene Zeitungen, verfasste Gedichte und Erzählungen, die auch veröffentlicht wurden.

Von Beruf war er angestellter Bezirksdirektor einer süddeutschen Versicherungsgesellschaft und ist seit 2012 im Ruhestand. Er ist verheiratet und hat drei Töchter.

Im Sommer 2014 begann er auf Anraten eines Freundes, seinen ersten Roman zu schreiben.

Mit dem Titel: „Durch den Steppensand des Lebens", erschien das Buch im Juli 2016 im Anthea Verlag, Berlin. Sein zweiter Roman, der im Dezember 2019 in den Buchhandel kam, trägt den Titel: „Verdammt im Land der Partisanen" und ist im BoD Verlag erschienen.

Johann Enderle ist Mitbegründer des Autorenclubs Donau-Ries.

Weitere Infos unter **www.johann-enderle.de**

# Patricia, die Waschfrau

### Vor langer Zeit - oder war es gestern?

Es regnete in Strömen. Das Wasser, das Petrus vom Himmel schickte, hätte ausgereicht, Patricia zwei Monate lang beim Waschen zu versorgen. Jeden Tag stand sie im Hof der Familie Schnäberle am Waschtrog und schrubbte: die Hosen, die Röcke, Blusen und Kleider und alles, was es bei einer Bürgermeisterfamilie zu waschen gab.

Patricia war eine Blüte. Ihre langen, schwarzen Haare, die dunklen Augen und ihr wohlgeformter Busen raubten jedem Mann den Atem, wenn sie denn einem begegnete. Aber außer mit dem Bürgermeister und ein paar Bediensteten kam das hübsche Mädchen selten mit jemandem in Kontakt, weil sie immer nur Wäsche wusch im Hofe der Bürgermeisterfamilie in dem kleinen Städtchen, das den bezeichnenden Namen Waschhausen trug. Denn alles, aber auch alles wurde hier gewaschen oder irgendwie gesäubert. Und was man nicht reinigen konnte, wurde vernichtet.

Diese Liebe zur Sauberkeit ging so weit, dass ganze Häuser niedergebrannt wurden oder Bürger, die dem Stadtrat nicht sauber genug wirtschafteten, den Ort verlassen mussten. Wo denn anders als in Schwaben lag diese „reinliche" Stadt. Und Patricia, die Blüte, war eine vortreffliche Bürgerin.

Vom Regen völlig durchnässt, stand sie auch an diesem Tag – von dem ich berichten will – am Waschtrog und erfüllte die ihr zugewiesenen Aufgaben der Frau Bürgermeisterin: Sie wusch. Die gewaschenen Kleidungsstücke legte sie mit Sorgfalt über eine Stange, die, unter dem Vorsprung des Hauses, von zwei Pfählen gehalten wurde. Nun hatte die Dachrinne, die über der Stange verlief, gerade an dieser Stelle ein kleines Loch, das ausreichte, um immer wieder ein paar schmutzige Tropfen durchzulassen.

Da der zuständige Bedienstete des Bürgermeisters, ein nachlässiger Mensch, der bald aus der Stadt entfernt werden sollte, nicht gewillt war, jeden Tag die Dachrinne zu reinigen, hatte sich mit der Zeit Schmutz angesammelt, der auf dem Grund des Wasserfängers liegenblieb. So geschah es, dass jeder Tropfen, der durch das Loch auf die von Patricia gesäuberte Wäsche fiel, reichlich Schmutz mit sich trug und die Kleider verunreinigte.

Patricia war nicht besonders gescheit, und hätte sie ihren Kopf nicht gehabt, wohl würde ein Korb ausgereicht haben, um das Stroh zu tragen, welches sich darin befand. Die Tropfen, die aus dem Leck der Dachrinne fielen, waren so gemein, sich wiederholt die Hose des Bürgermeisters auszusuchen, die Patricia dort über die Stange gelegt hatte. Immer wenn die junge Frau den Rock der Frau Bürgermeisterin neben der Hose zum Trocknen aufhängte, entdeckte sie den Schmutz auf der Hose, nahm sie herunter und reinigte sie. Dann hängte sie das Kleidungsstück zurück und bemerkte nun den Schmutz auf dem Rock und das Auswaschen desselben begann von Neuem.

Als der Mittag kam, waren Hose und Rock noch immer nicht sauber. Vielleicht hätte Petrus am Nachmittag den Regenguss unterbunden, aber als er Patricia bei der Arbeit zuschaute, tat ihm das Mädchen leid und er begann, von Neuem die dunklen Wolken zu schütteln, sodass Regen fiel. Und Patricia wusch und wusch, den ganzen Tag, die ganze Nacht. Die Arme taten ihr weh und die Beine schmerzten und schließlich bekam sie den Krampf in allen Gliedern und konnte sich nicht mehr bewegen.

Als die Bürger von Waschhausen am nächsten Morgen zur Arbeit gingen, sahen sie Patricia in ihrer typischen Arbeitshaltung vor dem Wäschetrog im Hofe des Bürgermeisters und staunten über den Fleiß und die Sauberkeit ihrer Mitbürgerin.

Mit Zustimmung der meisten Bewohner der Stadt beschloss der Rat, Patricia mit dem Waschtrog auf dem Marktplatz aufzustellen, um allen Fremden ein Beispiel an Fleiß und Sauberkeit zu zeigen. Dort steht Patricia immer noch als Denkmal. Ich würde sie gerne einmal besuchen, nur habe ich leider den Weg vergessen, der nach Waschhausen führt.

# Von den Tieren des Waldes
Den Menschen ein Vorbild.

Als der Geopark „Am Lindle" bei Holheim noch ein Steinbruch war, dort wo die Buchen sich mit ihren Wurzeln verbissen an die Felsen klammerten, wo die Sonne durch eine kleine Öffnung im Gezweig eine Lichtung beschien, dort fand die große Versammlung der Tiere des Waldes statt.

Der Bär hatte alle eingeladen, und selbst der Wolf aus Wolferstadt und das Reh aus dem Dörfchen Rehau bei Monheim hatten den Weg bis zum Rande des Kartäusertales gefunden.

Meister Petz, wie der Bär bisweilen auch genannt wurde, hielt eine flammende Rede über den Alkoholmissbrauch bei Menschen und Tieren und forderte die Versammelten auf einen Beschluss zu fassen, dass die Tiere des Waldes keine alkoholischen Getränke mehr zu sich nehmen sollten, um somit den Menschen ein Vorbild zu sein!

Gemurmel ging durch die Reihen der Anwesenden. „Den Menschen ein Vorbild sein?", fragte der Fuchs. „Werden sie denn auf uns hören?"

„Wir müssen es versuchen", erwiderte der Bär. „Täglich werden unsere Mit-Tiere auf den Straßen überfahren und überall liegen leere Flaschen im Wald herum, das muss ein Ende haben!"

Schließlich beschlossen die Tiere des Waldes, den Menschen ein Vorbild zu sein und keinen Alkohol mehr zu trinken. Am folgenden Tag unternahm der Bär einen ersten Kontrollgang durch den Wald.

Er durchstreifte das Gehölz und erspähte hinter einer Buche eine Gestalt, hörte den lustigen Gesang des Hasen, der eine Weinbrandflasche in der Hand hielt, aus der er sich hin und wieder einen Schluck genehmigte.

Erbost stellte ihn der Bär zur Rede: „Mein lieber Hase, wir wollten doch den Menschen ein Vorbild sein, und was machst du?"

Schwankend erhob sich der Hase und entschuldigte sich: „Es tut mir leid, lieber Bär. Es kommt nicht mehr vor, hick! Ich verspreche es!" Und er hob die Pfote zum Gruß und hoppelte davon.

Der zweite Tag brach an und wieder durchsuchte der Bär den Wald, aber alle Tiere, die ihm begegneten, hielten sich an die Vereinbarung. So überquerte er gegen Mittag den kleinen Bach und erblickte im Vorbeigehen hinter einem Hagebuttenbusch Meister Lampe, den Hasen, der mit einer Flasche Kirschschnaps im Arm schlafend dalag.

„Du bist ja schon wieder besoffen!", schrie der Bär ihn an und gab ihm einen Schubs mit der Pranke.

„Ich mache meinen Mittagsschlaf."

„Ja, ja, du schläfst deinen Rausch aus", erwiderte der Bär. „Die Tiere des Waldes haben ..." - „Ich weiß, ich weiß", unterbrach ihn der Hase, „jetzt reiz mich nicht, ich habe noch Alkohol im Blut!"

„Werd' nicht frech, Mümmelmann! Ja, wir haben das beschlossen und du bist schon wieder betrunken. Das ist meine letzte Warnung!"

Nachdenklich schleppte sich Meister Lampe davon. Verärgert setzte auch der Bär seinen Weg fort. Der dritte Tag brach an und erneut kontrollierte der Bär den

Wald. Es begegnete ihm kein betrunkenes Tier und auch der Hase blieb verschwunden. Zufrieden ging Meister Petz auf eine Lichtung zu, in deren Mitte sich ein kleiner Weiher befand, den man auch heute noch im Geopark sehen kann. Die seltenen Gelbbauchunken leben dort und locken Besucher an.

Meister Petz setzte sich auf einen Stein und erspähte plötzlich einen Stab im Wasser, der sich aufrecht in Ufernähe langsam hin und her bewegte. Eine Weile beobachtete er das Spiel und als der Stab in seine Richtung schwamm, griff er mit der Pranke danach und zog ihn heraus. An einem abgebrochenen Schilfrohr hing atmend der Hase und hielt im Arm eine Whiskyflasche fest.

Mit glasigen Augen schaute er den Bären an. Dieser brüllte: „Mein lieber Mümmelmann, nun habe ich dich zu dritten Male betrunken erwischt! Die Tiere des Waldes haben beschlossen, den Menschen ein Vorbild zu sein! Hast du das nicht verstanden?"

Da grinste der Hase und sagte lallend: „Was die Tiere des Waldes beschlossen haben, ist uns **Fischen** sch...ß egal!"

# Uli Karg

Uli Karg, geboren in Augsburg, seit 2001 in Thierhaupten daheim, verfasst Kurzgeschichten sowie Gedichte im Dialekt, ein Roman ist in Arbeit. Sie schreibt, seit sie einen Stift halten kann. Erst nach VHS-Kursen in Donauwörth hatte sie den Mut, etwas zu veröffentlichen. Ihr Erstlingswerk „Ein falsches Vogelkind" bietet eine bunte Auswahl an Kurzgeschichten von damals und heute, zum Teil mit Lokalkolorit, als unterhaltsame Lektüre. Schreiben Sie ihr, sie freut sich über Post. Weitere Infos unter **www.autorin-ulikarg.de**

# Ferien in den 60er Jahren

Endlich letzter Schultag! Nur noch zur Zeugnisausgabe und Verabschiedung durch die Lehrerin, dann heim und den Schulranzen in die Ecke gestellt, wo er sechs Wochen seine wohlverdiente Ruhe haben sollte. Nach dem gemeinsamen Mittagessen prüfte der Vater die Benotungen des vergangenen Schuljahres. Mein Taschengeld konnte ich aufbessern: Jeder Einser wurde mit einer Mark belohnt, jeder Zweier mit fünfzig Pfennig, Dreier wurden hinterfragt und toleriert, aber nicht honoriert, schlechtere Noten gab es nicht. Danach durfte ich wie jedes Jahr bei Giovanni Sommacal, dem 1930 gegründeten italienischen Eiscafé in der Maximilianstrasse in Augsburg, eine ganze Cassata kaufen.

Diese halbkugelförmige Eisbombe bestand außen aus zwei Schichten, meistens Vanille und Schoko, innen war sie gefüllt mit gefrorener Sahne und kandierten Früchten. Der Seniorchef, stets in Weiß gekleidet und Schiffchen auf dem Kopf, verpackte die in Pergament eingeschlagene Halbkugel in ein mit Firmenlogo bedrucktes Papier, reichte es mir über die Theke und wünschte: „Buon appetito!" Mit wehenden Haaren rannte ich heim, damit das wertvolle Dessert nicht zu schmelzen begann. Kühltaschen gab es damals noch nicht. Zuhause stieg mir frisch aufgebrühter Kaffee in die Nase. Ich musste nun für die Familienmitglieder die Cassata in fünf gleich große Stücke aufteilen. „Eine schneidet auf, die anderen dürfen sich die Portionen aussuchen", so unser Familienoberhaupt. Damit war für die bestmögliche Gerechtigkeit gesorgt. Mit Genuss verzehrten wir das italienische Dessert. Ob man heute noch so eine Cassata bekommt?

Am nächsten Tag packten wir Mädels unsere Koffer und richteten genügend Urlaubslektüre her. Als Augsburger Stadtkinder freuten wir uns auf freies, unkontrolliertes Dorfleben außer Reichweite der elterlichen Aufsicht.

Oma und Opa bewohnten südlich von Donauwörth ihr einfaches Häuschen. Daran schmiegten sich Stadel, Hühnerstall und Werkstatt. Der Garten war in verschiedene Nutzbereiche eingeteilt. Ein Stück war der Hühnerschar zum Scharren vorbehalten. In dem größten Teil der Fläche, mit Hasendraht vor dem Geflügel geschützt, wuchsen Gemüse, Kräuter und Johannisbeeren. Die Großeltern versorgten sich selbst und kauften nur zu, was sie selbst nicht produzieren konnten.

Vor der freistehenden Waschküche hatte der Opa eine selbst gebaute Ruhebank aufgestellt und daneben reckte ein reichlich tragender Weichselbaum seine Äste in die Höhe und spendete Schatten. Der Fußweg vom Gartentor zum Haus war mit Blumen gesäumt, Phlox und Rittersporn, Großmutters ganzer Stolz. Einige Bäume mit Jakobiäpfeln sorgten für die Vitaminversorgung und natürlich für Opas Most, der in bauchigen Gärballonen mit aufgesetzten Korkstopfen durch kunstvoll gedrehte Glasröhrchen geheimnisvoll vor sich hin blubberte.

Wir Stadtkinder genossen jeden Tag, halfen auf den Feldern beim Heuwenden, Aufstellen der Getreidegarben und bei der Kartoffelernte, denn danach gab es das Kartoffelfeuer. Wir hielten uns auch gerne bei den

Nachbarn im Kuhstall auf, lernten Melken und bekamen zu Lebensmitteln einen ganz anderen Bezug. Getreide, Kartoffeln, Rüben, Eier und Milch schätzten wir nun besonders, weil wir wussten, wie mühevoll sie erzeugt wurden.

Zur Entspannung nach der körperlichen Arbeit badeten wir gerne in der Schmutter. Sie schlängelte sich am Dorf entlang und trieb mit ihrer Wasserkraft eine Sägemühle an. Unterhalb der Gatter, mit denen man den Flusslauf steuerte, entstand im Lauf der Zeit eine tiefe Mulde, bei uns *Gumpen* genannt. Dort war es besonders interessant zu tauchen. Manche Menschen entsorgten da die unterschiedlichsten Sachen. Eines Tages, das Wasser war einigermaßen klar, tauchte ich wieder zu der tiefsten Stelle und tastete nach etwas, das ich nicht gleich zuordnen konnte. Ich dachte, es müsse etwas Besonderes sein und zog mit aller Kraft meinen Schatz aus dem Schlamm. In der Waschküche befreite ich das Metallteil von Schmutz und Moos und stellte es in die Sonne zum Trocknen. Ich hatte mich umgezogen und präsentierte stolz meinen Großeltern das Fundstück, ein altes Bügeleisen, in dessen Bauch man ein heißes Kohlestück stecken konnte. Meine Erwartung auf Lob wurde sofort abgeschmettert: „Jetzt bringsch du des alte Glump derher, des ma scha lang in da Gumpa gworfa hot! Und du moinsch oh no, des isch was Bsonders!"

Und ich dachte, das war mein herausragendes Ferienerlebnis für den ersten Deutschaufsatz im nächsten Schuljahr!

# Ein Spätsommerabend

Es war spät geworden in *Maderno* am Westufer des Gardasees. Die wenigen Gäste auf dem Campingplatz hatten sich in ihre Wohnwagen zurückgezogen, wo hinter manchen Fenstern die Bildschirme der Fernsehgeräte aufflackerten. Erika kam mit der Spülschüssel vom Waschhaus zurück, verstaute das saubere Geschirr im winzigen Schrank im Bus und klammerte das weißblaukarierte Halbleinentuch an die Wäscheleine, die zwischen zwei Bäume gespannt war. Der Stellplatz lag vorne am Wasser. Nur der Fußweg trennte ihn vom Ufer. Ihr Mann lehnte in einem einfachen Klappstuhl vor ihrem blauen T2. Die meisten Autos haben Namen, bei VW heißen die Busse nur T1, T2. Egal. Es war ihr erster, den sie sich als Campingfahrzeug umgebaut hatten, und ihr erster Urlaub damit am Gardasee, ihrem Sehnsuchtsort. Im Jahr zuvor diente noch ein Zelt als Behausung.

Erika schenkte sich etwas Rotwein in ein Glas, das in seiner früheren Bestimmung Senf beherbergt hatte, und fragte ihren Mann: „Möchtest du noch etwas zum Wein?"

„Ja, gerne. Grissini, ein paar Oliven und von dem feinen Käse", überlegte Erwin. Erika stellte einen Teller mit dem Gewünschten auf den winzigen Klapptisch, setzte sich daneben und schnitt vom *Tremosine* kleine Würfel auf.

Der nächtliche Wind hatte aufgefrischt. Von den Segelbooten im nahegelegenen Hafen war das hellklingende Schlagen von Fallseilen und Beschlägen gegen die Alumasten zu vernehmen. Das Säuseln in den Bäumen war zunehmend lauter geworden und die Fledermäuse über ihnen vollführten waghalsige Manöver. Halbwilde Katzen streiften über den Campingplatz und fochten lautstark ihre Revierkämpfe aus. Die beiden jungen Urlauber blickten auf den tintenschwarzen See mit den wenigen Lichtreflexen der Terrassenbeleuchtung an der Bar, deren roter Neonschriftzug die einzige Farbe war, die man weit und breit sehen konnte. Die Spiegelungen auf der Wasseroberfläche tanzten um die Wette, während die Wellen mit ihren schmalen weißen Schaumkronen dem Ufer entgegeneilten und an die Befestigung aus angehäuften Felsbrocken klatschten. Ein immer wiederkehrender Rhythmus. Sonst war es still, alle anderen Geräusche wie Autolärm oder Ähnliches waren zur nächtlichen Stunde verstummt. Diese unbeschreibliche Ruhe genossen die beiden Urlauber, dazu die frische Luft, und blickten auf den See.

Erwin legte das Fernglas zur Seite und zeigte mit ausgestrecktem Arm in Richtung Osten. „Siehst du da draußen die zwei Fischerboote mit den schwankenden Laternen am Bug? Ob sie wohl einen lohnenden Fang mit nach Hause bringen?"

„Freilich habe ich die entdeckt. Aber schau mal nach oben! Wenn sich die Wolke verzogen hat, müsste mein Lieblingssternbild auftauchen, die Cassiopeia. Diese besondere Stimmung hier mit den Gerüchen und den natürlichen Geräuschen liebe ich so sehr. Kein Vergleich zum Leben in der Stadt. Wenn wir in Rente sind, möchte ich hier mit dir gerne den Lebensabend verbringen. Was meinst du?" Erwin nickte versonnen. „Bis dahin müssen wir noch lange arbeiten, aber ich könnte mir das gut vorstellen."

Erika, jetzt fast siebzig Jahre alt, saß nachts auf dem Balkon, erklärte ihrer Katze die Sternbilder am Nachthimmel, besonders das große Himmels-W, die Cassiopeia, und erzählte ihr von der einzigartigen Stimmung an jenen Abenden am Gardasee. „Weißt du, Lilly, wir hatten wenig Geld, aber von diesen Urlaubstagen zehrten wir lange und freuten uns auf die beiden Wochen im nächsten Jahr. Gut, dass wir uns das damals geleistet haben und später sogar ein Segelboot. Erwin und ich sind lange den Lebensweg gemeinsam gegangen und dafür bin ich dankbar. Jetzt geht es leider nicht mehr, aber die Erinnerung kann uns keiner nehmen."

Erwin ist sehr krank und inzwischen im Pflegeheim.

# Goldener Oktober

Der röhrende Sound eines getunten Autos hatte Hedwig aus einem Traum gerissen. Nun war sie hellwach, stand auf, dehnte sich am offenen Fenster wie eine Katze und holte tief Luft. Wieder so ein nebliger Tag, den sie gar nicht mochte! Nach dem Frühstück sah sie auf den Kalender. Das Oktoberbild zeigte bunte Laubbäume, die sich in einem See spiegelten. Hedwig hatte an diesem Tag nichts vor und entschied sich, dem Blues zu entfliehen, der sich wieder mal in ihrem Herzen breitgemacht hatte. Sie rüstete sich für einen Waldspaziergang. Ihr Ziel war Harburg. Unten an der Wörnitz zogen Nebelschwaden ihre Bahnen. Vorbei am großen Parkplatz unterhalb der Burg fuhr Hedwig den Hühnerberg hinauf. Oben hatte sich der Dunst aufgelöst und die Sonne verteilte großzügig ihre wärmenden Strahlen. Sie parkte den Wagen am Jüdischen Friedhof und stieg aus.

Weit und breit keine Menschenseele, gut so! Sie schloss die Augen und atmete tief die frische, feuchte Morgenluft ein. Danach sah sie sich um. Der Mischwald hatte sein buntes Kleid übergestreift. Die Blätter leuchteten in warmen Herbsttönen von gelb über orange, rot und braun. Viele hingen noch an den Ästen, manche hatten sich auf den Wegen der Waldruh niedergelassen.

Hedwig ging bergauf zu ihrem Baum. Vor einigen Jahren hatte sie dort ihren geliebten Mann bestattet. Schützend breiteten sich die Äste über den Ruheplatz. In den Spinnweben des Unterholzes hingen Tautropfen und spiegelten das Licht der Sonne, die sich an diesem

Morgen den Weg durch die Bäume gebahnt hatte. Altweibersommer. Hedwig dachte schmunzelnd darüber nach, dass sie inzwischen auch zu den alten Weibern gehörte. Für ihren Mann hatte sie gelbe Rosen mitgebracht und legte sie auf der Ruhestätte neben dem kleinen Stein und einem leeren Schneckenhaus ab. Alles war endlich. Das wurde ihr hier wieder bewusst. Ihr Anton war viel zu früh von ihr gegangen. Sie hatten noch viele Pläne für die Zeit als Rentner gemacht. Doch von einem Tag auf den anderen war alles anders.

Hedwig war realistisch. Auch sie befand sich im Herbst ihres Lebens. Wieviel Zeit auf Erden war ihr noch vergönnt? Sie sprach leise mit ihrem Mann über ihren Alltag, als stünde er gegenüber. Hier in der Waldruh war sie ihm besonders nahe. Es war gut, so einen Platz zu haben. Sie sehnte sich so sehr nach Zweisamkeit, die ihr nun verwehrt war. Tränen bahnten sich den Weg über die Wangen und versickerten im Seidenschal. Leise schluchzte sie und griff nach einem Taschentuch.

„Geht es Ihnen nicht gut? Brauchen Sie Hilfe?" Eine sonore Männerstimme von hinten riss sie aus ihren Gedanken. Sie drehte sich um und sah in ein besorgtes Gesicht.

„Geht gleich wieder. Hier holt mich immer die Erinnerung ein", entgegnete Hedwig. „Ich habe Sie gar nicht kommen hören."

„Der Waldboden schluckt viele Geräusche. Wirklich alles in Ordnung?"

Hedwig nickte und trocknete die letzten Tränen. Dabei betrachtete sie sich den Herrn genauer, der sie angesprochen hatte. Stattliche Erscheinung, gepflegtes

Äußeres, auf den ersten Blick sympathisch, stellte sie fest.

„Ich will Sie keineswegs in ihrer Trauer stören, aber zur Aufmunterung würde ich Sie gerne auf einen Kaffee einladen", meinte er nun und lächelte sie an.

„Warum nicht? Für Kaffee wäre jetzt ein guter Zeitpunkt."

„Im Café Käferlein unten in der Altstadt?"

„Einverstanden! Ich heiße Hedwig."

„Verzeihung, ich habe mich noch gar nicht vorgestellt. Mein Name ist Xaver."

Im Café erfuhr Hedwig, dass er schon lange Witwer war und seit dem Tod seiner Frau allein lebte. Im angeregten Gespräch fanden die beiden viele Gemeinsamkeiten und verabredeten ein baldiges Treffen. Sollte es in Hedwigs Leben doch noch einen schönen Herbst geben?

# Harald Metz

Geboren 1948 im oberbayerischen Dietramszell-Schö-
negg, aufgewachsen in Geretsried/Obb.
Gelernter Industriekaufmann, als Decksmann und
Messsteward zur See gefahren, Bundeswehr im Perso-
nalwesen bei der Luftwaffe, Bundeswehrfachschule mit
Fachschulreife Wirtschaft und Berufsförderung zum
Werbebetriebswirt. Zuletzt Printmedienberater bei
BMW in München.
2010 von Unterschleißheim bei München nach Fünf-
stetten im Donau-Ries gezogen.
Er begann das Schreiben mit der Lebensgeschichte sei-
ner Mutter.
2016 wurde er Mitglied im Autorenclub Donau-Ries.
Weitere Infos unter **www.autorharaldmetz.de**

# Ein ganz normaler Tag in Deutschland.
## Oder: Die Sache mit der Sprache

Es war gestern Morgen, ich erwachte wie immer so gegen acht Uhr und alles schien ganz normal. Ich stand auf und schlurfte ins Bad, um mich frisch zu machen.

Nach dem Waschen mit der *Dr. Bronner's Magic Soap* bearbeitete ich mit der Zahnpasta *happybrush Superblack* und der elektrischen Zahnbürste *Waterpik* intensiv meine Zähne. Zum Frühstück gab es dann *Kellogg's Crunchy Müsli Choco & Nuts* mit *Cranberrys*, dazu noch ein *Countrybrot* mit *Cheddar Cheese*.

Den *Coffee-to-go* habe ich mir dann auf meinem Weg zum *Discounter* im *Tankpool24* mitgenommen. Ich fuhr natürlich mit meinem *Countryman*.

Beim *Discounter* ging ich die Einkaufsliste durch und packte unter anderem *Softcakes*, *KitKat* und eine Packung *Capri Sun* für die Enkelkinder in den Einkaufswagen, auf dessen Griff sich die Werbung für die *4SELLERS logic-base GmbH* befand. Neben mir stand ein Mann mit dem *Smartphone* und fragte seine Gattin, was er den nun einkaufen solle, während ein Regal weiter ein *Teenager* ihrer Freundin erzählte, dass sie sich neue *High Heels* gekauft und ihre *Streetwear* komplett umgestellt habe, das sei absolut *hip* und *trendy*. An der Kasse zahlte ich dann mit meiner *EC-Card* und lud dann meine Beute in meinen *Countryman*.

Am Autoradio drückte ich die *Play-Taste* für den *CD-Player* und meine *Beat-* und *Rock-CD* mit Elvis, den Beatles sowie den Rolling Stones erinnerte mich an alte Zeiten. *Hip-Hop*, *Techno* und *Heavy Metal* sind nicht meine Musikrichtungen.

Dann habe ich schnell noch den Termin bei *Prostyle* für einen Haarschnitt wahrgenommen und anschließend im *Carwash-Center* das Fahrzeug *gecleant*.

Anschließend beim *Burger King* schnell noch einen *Chicken Burger* einverleibt und eine *Coke* dazu getrunken. Dabei fiel mir noch ein, dass ich noch einige *Files downloaden* und prüfen muss und ich überlegte, ob ich mein *Backup* am *Computer* richtig eingestellt habe.

Auf dem Parkplatz waren ein paar Jungen mit ihren *Skateboards* zugange und ein Mädchen mit seinen *Rollerblades*. Auf dem Nachhauseweg fiel mir noch ein Poster der Stadt über ein Kultur-*Highlight* auf und am Straßenrand waren ein paar Leute beim *Nordic Walking*.

Endlich wieder zu Hause, setzte ich mich an meinen *Apple iMac* und prüfte die *Backup*-Einstellungen, holte die benötigten *Files* per *Download* runter und beschäftigte mich mit den Programmen *Photoshop*, *InDesign*, *Filemaker* und wie neuerdings öfter auch mit *QuarkXpress*. Die Alltagsprogramme *Pages*, *Numbers* oder *Keynote* von *Apple*, die in der *Windows*-Welt den Programmen *Word*, *Excel* und *Powerpoint* entsprechen, habe ich dabei noch gar nicht berücksichtigt.

Über *Facebook* stellte ich schließlich noch ein paar interessante Fotos ein, dann wurden die *E-Mails* gecheckt. Feierabend!

Das *TV*-Programm zeigte Serien wie *The Big Bang Theory*, *Young Sheldon* oder *The Middle*, diese *Sitcom*-Serien waren aber noch nie mein Ding ebenso wie die Sendung

*The Voice of Germany.* Da lob ich mir schon eher Filme wie *Star Trek, Indepence Day* oder *Rain Man.*

In den *late news twitterte* Trump wieder irgendein *Fake* und am Ende des Abends wurde dann u.a. das Thema *Brexit* behandelt. Da stellte sich mir doch die Frage: Nehmen die Engländer beim Austritt aus der EU ihren Sprachmüll gleich mit, oder müssen wir den selbst entsorgen? Ich fürchte nur, dass dies uns Deutschen wohl nicht mehr gelingt, denn Deutsch als Sprache scheint heutzutage *uncool* zu sein. – Obwohl – Die Hoffnung stirbt zuletzt, denn statt *cool* sagt man ja jetzt „geil" und dieses Wort entspringt, das weiß ich genau, auf jeden Fall der deutschen Sprache.

# Schulanfang

Es war wieder Schulanfang und für viele Kinder begann im September ein neuer Lebensabschnitt, den sie als Erstklässler vollzogen. Die Schultüten – eine größer und poppiger als die andere – waren gefüllt mit allem, was Kinder fast in die Knie zwingt, sodass letztendlich irgendwann die Eltern die Tüten wieder übernehmen mussten, spätestens nach dem Fototermin vor oder in der Schule. So auch hier im Ries. Da gab es Kinder mit freudiger Erwartung, solche, die das alles eher mit Skepsis betrachteten und jene, die einfach warteten, was da so auf sie zukommen sollte. Zu den letzteren gehörte auch der kleine Dominik.

Da er seinen Eltern schon gewieft vorkam und unter anderem besser mit Zahlen jonglierte als so mancher Fünftklässler, waren die Eltern der Meinung gewesen, dass man den Sohn vielleicht schon ein Jahr früher einschulen könnte. Sie hatten ihn zu einem entsprechenden Test angemeldet, welcher dann wie folgt ablief: Die begleitenden Elternteile mussten für die Zeit des Tests das Zimmer verlassen, allerdings blieb die Türe zum Flur offen, wo die Erwachsenen saßen. Dominiks Mutter hatte einen Sitzplatz direkt neben der offenen Tür und so konnte sie akustisch alles mitverfolgen und miterleben, was ihr Sohn von sich gab.

Die Lehrerin verteilte an die Kinder vor jeder Aufgabenstellung Blätter mit den Tests. Als sie ein Blatt mit verschiedenen Zahlen ausgeteilt hatte, von denen sich die meisten immer wiederholten, erklärte sie den Kindern, dass diese die Zahl 3 einkreisen oder markieren sollten. Als die Lehrerin dann durch die Reihen schritt, um zu sehen, ob die Kinder die Aufgabenstellung verstanden hatten, kam sie auch zu Dominik. Dieser saß vor dem Blatt und machte keine Anstalten, auf dem vor ihm liegenden Blatt zu agieren. Die Lehrerin sprach ihn daraufhin an und versuchte den Jungen zu ermuntern, indem sie zu ihm sagte: „Na, Dominik, kreist du mal die 3 ein?" Er antwortete: „Nein, das mach ich nicht, ich weiß ja, wie eine Drei ausschaut." Daraufhin startete die Lehrerin den zweiten Versuch: „Dominik, dann mach es doch für mich!" Daraufhin erwidere der Kleine in gönnerhaftem Ton: „Ja, wenn du nicht weißt, wie eine Drei ausschaut, dann mach ich das für dich."

Dominik bestand den Test mit Bravour, aber man schulte ihn dann aus den verschiedensten Überlegungen doch nicht früher ein. Nun, ein Jahr später, war die erste Schulwoche fast geschafft. Die Hausaufgaben von Donnerstag auf Freitag hatte Dominik bestens gelöst und stolz am Freitag in der Schule der Lehrerin präsentiert. Am Freitag nach der Schule wurde Dominik von seinen Eltern gefragt, ob die Lehrerin fürs Wochenende keine Hausaufgaben aufgegeben habe, woraufhin er nur meinte: „Ja, die gleiche wie gestern."

„Die gleiche wie gestern?" fragten die Eltern etwas skeptisch nach. „Ja", sagte Dominik, „die Lehrerin hat gesagt, wir bekommen zur Übung nochmals die gleiche Hausaufgabe, nur wer das schon kann, der bekommt eine andere Hausaufgabe."

„Und, hast du dich da nicht gemeldet?", fragte der Vater. Wie aus der Pistole geschossen kam die Antwort: „Ich bin doch nicht blöd!" Die Lehrerin war auch nicht auf den Kopf gefallen, und wie es sich dann herausstellte, hatte sie Dominik natürlich angesprochen und

zu ihm gesagt: „Dominik, du kannst das doch schon!"
Doch Dominik antwortete wie selbstverständlich: „Ich
muss mir die erste Hausaufgabe übers Wochenende erst
nochmal verinnerlichen."

# Alfred Bäurle

Alfred Bäurle, geboren am 05.05.1942 in Deiningen, lebt heute mit seiner Familie in Laub. Schon in der Volksschule war für ihn das Schreiben von Aufsätzen eine beliebte Tätigkeit. Mundart-Gedichte, Kurzgeschichten, Theaterstücke gehören heute zu seinem Betätigungsfeld. Mit mehreren Büchern hat er seine Leidenschaft schon erfolgreich zum Ausdruck gebracht. Humorvoll, kritisch und hintersinnig kommen seine Texte daher.

# Belauschte Primaten

Es war ein wunderschöner Frühlingstag. Holger saß auf seinem Balkon und betrachtete amüsiert ein Meisenpärchen, das emsig Halme und trockenes Moos in den Nistkasten transportierte, den er im vergangenen Sommer gezimmert und im Garten auf einem Baum angebracht hatte.

Er war allein an diesem Nachmittag. Seine Frau war mit Freundinnen ausgegangen. Sicher würden sie erst am Abend zurückkommen. Da kam Holger der Gedanke, dass er wieder einmal in den Zoo gehen könnte. Er steckte seine Geldbörse ein, schlüpfte in eine leichte Jacke und verließ das Haus. Offenbar hatten auch andere Leute diese Idee gehabt, denn es tummelten sich viele Menschen vor den Tiergehegen.

Ein Braunbär rekelte sich faul auf einer flachen Steinplatte. Tiere sind gar nicht so dumm, dachte Holger bei sich, sie nützen die Sonnenstrahlen und leben einfach ihr Leben. Pfiffige Erdmännchen spielten ihre lustigen Streiche, elegante Flamingos ertrugen die lärmenden Kinder mit stoischer Gelassenheit.

Vor dem Gehege der Schimpansen drängelten sich wie die meiste Zeit an solchen Tagen viele Tierparkbesucher. Auch Holger blieb lange bei den Affen stehen und beobachtete ihr geschäftiges Treiben. Er war ein ruhiger Mensch, manchmal sogar, so behauptete wenigstens seine Frau, ein richtiger Träumer. Plötzlich hörte er – aber das konnte eigentlich nicht sein, oder doch? – ganz deutlich, wie ein Schimpansenvater seinen Sohn unterrichtete.

49

Holger schloss seine Augen, öffnete sie wieder, um seine Lider erneut fallen zu lassen. Tatsächlich, er träumte nicht! Ganz deutlich vernahm er die Unterhaltung der Tiere.

„Papa, wie nennt man diese seltsamen Gestalten, die ständig vor unserem Gehege herumlungern und uns beobachten?", fragte der junge Schimpanse.

„Das sind Menschen. Es gibt viele Millionen davon. Weiße, gelbe, rote und auch schwarze. Sie haben kein Fell und müssen sich in Stoffe hüllen, um nicht zu frieren", erklärte der Vater. „Stell dir vor, sie zahlen sogar Geld, um uns sehen zu dürfen!"

Das Affenkind machte große Augen und hakte nach: „Wovon stammen die denn ab?"

„Ja, mein lieber Sohn", meinte der Vater, „darüber streiten sie schon seit vielen Jahren. Unter ihnen gab es einmal einen Forscher, so nennt man diejenigen unter ihnen, die über alles nachdenken und versuchen, der Natur auf die Schliche zu kommen. Dieser Forscher behauptete steif und fest, wir, die Schimpansen, seien die Vorfahren der Menschen."

Holger sah den jungen Affen den Kopf schütteln. „Das glauben sie wirklich?"

„Ja", brummte der Alte. „So lehren sie es sogar in der Schule!"

„Und was ist deine Meinung?", bohrte der Junge weiter.

Der Alte schnaubte: „Das ist natürlich ausgemachter Blödsinn! Wenn wir ihre Vorfahren wären, dann würden sie keine so furchtbaren Dinge bauen, die sie Waffen nennen. Sie machen Erfindungen und sind auch noch stolz darauf! Raketen, Panzer, Bomben, Kampf-flugzeuge, Kanonen, Gewehre, Granaten, Minen, Gift-gas. Damit bringen sie sich gegenseitig um, vernichten ihre Wohnungen, zerstören die Felder, auf denen doch alle die Dinge wachsen, die sie zum Überleben brauchen."

„Papa, ist das dann nicht umgekehrt?", fragte der junge Affe eifrig. „Wir stammen von denen ab, oder? Wir sind doch viel vernünftiger, weil wir auch all diese, wie hast du gesagt, Waffen nicht erfunden haben! Wir leben in Frieden und das Wort Krieg kennen wir nur vom Hörensagen. Daraus kann man doch nur schlie-ßen, dass wir schon viel weiterentwickelt sind als die Menschen!"

Der alte Schimpanse lächelte vor sich hin. „Ja, mein Sohn, da hast du natürlich vollkommen recht", entgeg-nete er und tätschelte seinem Sohn über den Kopf.

Holger erwachte aus seinen Tagträumen, schaute sich verlegen um und stellte zufrieden fest, dass die Leute um ihn herum nichts von dem Schimpansenge-spräch mitbekommen hatten. Er genehmigte sich im Biergarten noch ein kühles Bier und eine Bratwurst. Zu-hause angekommen, seine Frau war noch nicht zurück, setzte er sich an seinen PC und verfasste über sein Er-lebnis ein Gedicht.

# Die Entstehung der Arten!

Im Buch Genesis wird berichtet,
der Mensch wurde erschaffen.
Ist diese Behauptung erdichtet?
Er stammt ab vom Affen.

Es heißt, Charles Darwin bewies
die Entstehung der Arten
und die Wissenschaft pries
seine Thesen mit Bildern und Karten.

Vor dem Gehege im Tierpark,
bei den Primaten, ein Mensch staunte,
es traf ihn ins Mark,
was ein Schimpanse da raunte:

„Schau nur, wie sie gaffen!"
Und er flüsterte ganz leis,
„Menschen sind Vorfahr'n der Affen,
ihre Kriege sind der Beweis."

# Der entgangene Hasenbraten

Es war in den ersten Septembertagen des Jahres 1953. Die Kartoffeln mussten geerntet werden. Meine Eltern betrieben eine kleine Landwirtschaft. Auf einem Acker unweit des Möderhofwaldes hatten sie im April Kartoffeln gesteckt. Sie waren in diesem Jahr recht gut gediehen. Im Juni wurden die Kräuter aber vom Kartoffelkäfer befallen. Die Larven sind sehr gefräßig, bis sie sich zu Käfern entwickeln. Wir Kinder mussten dann die Ackerfurchen durchstreifen und die hungrigen Tierchen einsammeln und in eine mit Salzwasser gefüllte Flasche legen. Wir hatten diese Aufgabe mit Bravour erfüllt, es gab im Herbst sehr viele große Knollen.

Zwei Kühe wurden vor den Wagen gespannt und der Kartoffelroder dahinter angebunden. Am Acker angekommen, begann die Arbeit.

Die Rinder zogen den Roder über die Furchen. Das Schar des Roders drang in die Erde ein. Ein sternförmiges Rad am Heck der Maschine begann sich zu drehen, als die Kühe losliefen. Das Schar pflügte die Kartoffeln nach oben, das rotierende Rad warf die Stengel zur Seite und die Knollen lagen auf dem Boden. Mein Bruder musste die Kühe am Halfter führen und dafür sorgen, dass die schwitzenden Tiere nicht zu sehr von den Bremsen geplagt wurden. Vater hielt den Kartoffelroder mit starker Hand an zwei Griffen fest und sorgte dafür, dass das Schar tief genug in den Acker eindrang.

Nun begann die Arbeit des Einsammelns, das „Erdbiraglauben". Die Kartoffeln wurden in Körben gesammelt und dann in Säcke geschüttet. Plötzlich konnten

wir ein Fahrzeug erkennen, das eine mächtige Staub-
wolke aufwirbelte. Schnell erkannten meine Eltern, dass
uns der Ortspfarrer einen Besuch abstatten würde. Er
saß stolz auf seinem Motorroller Marke NSU-Lam-
bretta. Natürlich wurde er gebührend begrüßt. Vater
bot ihm an, dass er gerne einen Sack Kartoffeln mitneh-
men könne. Aber der beleibte Gottesmann lehnte dieses Angebot dankend ab. Stattdessen erbot er sich, bei
der Ernte mitzuhelfen. Es fiel ihm leicht, auf den
Ackerboden zu knien. Die Leibesfülle bereitete ihm nur
beim Aufstehen Schwierigkeiten. Sein Appetit war in
unserer Familie wohlbekannt. Der Pfarrer war, rein zu-
fällig natürlich, immer beim Schlachtfest vorbeigekom-
men. Mein Vater hatte damals ernsthaft erwogen, ob
man dieses Ereignis nicht auf einen Freitag verlegen
sollte, da es dem Geistlichen ja streng verboten war, am
Freitag Fleisch zu verzehren. Er hatte diesen Gedanken
jedoch wieder fallenlassen.

Zu unserem Haushalt gehörte auch ein Hund. Wir
nannten ihn Flocki, weil er ein lockiges Fell hatte. Er
war klein, aber äußerst wendig, ausdauernd und schnell.
Flocki rekelte sich faul in einer von der Sonne aufge-
wärmten Ackerfurche, als ein Feldhase aus dem Wald
heraushoppelte. Meister Langohr entfernte sich etwa
hundert Meter vom Waldrand und äugte sorglos umher.
Flocki hatte den Hasen gewittert und sein Jagdtrieb kam
in Wallung. Er war nur noch wenige Meter von seinem
Opfer entfernt. Der alte Hase schlug Haken, änderte
fortlaufend seinen Fluchtweg, kam dabei aber immer
weiter vom rettenden Wald weg. Es dauerte nicht lange
und der Gejagte fiel Flocki zum Opfer.

Auch unser Pfarrer hatte die Jagd mit großem Interesse verfolgt. Als das erbeutete Tier vor ihm lag, erhob sich Hochwürden überraschend wendig. Er griff nach einem leeren Kartoffelsack und steckte den Fang hinein.

Es tue ihm sehr leid, murmelte er vor sich hin, aber er müsse seine Sonntagspredigt noch vorbereiten. Den Hasen nahm er mit. Er begründete dies damit, dass das Tier nicht zu lange in der Sonne liegen dürfe. Schon saß er auf seinem Motorfahrzeug und fuhr zurück ins Dorf. Wenn ich mich recht erinnere, hat mein Vater leise eine unchristliche Bemerkung ausgestoßen.

Aus der Küche des Pfarrhauses roch es später verführerisch nach Hasenbraten. Für unsere fleißige Arbeitstruppe gab es leider nur Kartoffelsuppe.

# Petra Quaiser

Petra Quaiser wurde 1953 in Nördlingen geboren und wuchs dort auf. Seit 2004 lebt sie in Alerheim und pflegt als Geschichtenerzählerin die alte Kunst des freien Erzählens. Schreiben war schon in der Schule ihre Welt, deshalb war es ihr ein Bedürfnis, 2019 ihr erstes Buch mit dem Titel „Unsere kleine Schülerbank einst in Nördlingen stand" auf den Weg zu bringen. Diese Zeitreise beschreibt den Werdegang einer eingeschworenen Mädchenklasse, die sich seit sechzig Jahren nicht aus den Augen verloren hat. Als Trauerrednerin schreibt und erzählt Petra Quaiser Lebensgeschichten, sie schreibt und spricht für Menschen, denen die Worte fehlen. Weitere Infos unter **www.kartenlegen-liebes-kummer.de**

# Lebwohl Sommer – Willkommen Herbst

Schon am frühen Morgen sind wir mit unserer Hündin Kiri unterwegs. Nur einige Schritte von unserem Haus entfernt befinden wir uns auf einer kleinen Anhöhe und können fast den ganzen Rieskessel überblicken. Noch ist es kühl und die frische Luft tut gut. Glutrot schiebt sich die Sonne über den Horizont. Nebelschwaden durchziehen stellenweise das Land. Die Sonne verspricht einen heißen Sommertag, und doch winkt der Herbst bereits von allen Seiten. Der Altweibersommer hat sich in den Büschen bereits eingenistet. Tautropfen zieren wie schimmernde Perlen die Grashalme. Die Wörnitz schlängelt sich wie ein silbernes Band durch die dampfenden Auen.

Unser Blick geht zum Riesrand, der sich schemenhaft im Morgendunst zeigt. Leicht umhüllt sind auch der Nördlinger Daniel, der Ipf, der Wallersteiner Felsen, der Hesselberg und die Basilika Maria Brünnlein bei Wemding zu erkennen. Vom Hahnenkamm herüber winken die Windräder, die Klosterkirche Mönchsdeggingen versteckt sich hinter einem zarten Schleier.

Wir marschieren von der Anhöhe hinab, vorbei an unserer Dorfkirche, weit hinaus durch Feld und Flur. Am frühen Morgen ist in der Natur der Tisch der Sinne reichlich gedeckt. Eine herrliche Stille umgibt uns. Nur die Geräusche der Tierwelt sind zu hören. Es raschelt im Grünstreifen am Wegesrand. Aufmerksam spitzt unsere Hündin ihre Ohren. Sie bleibt lauernd stehen, hebt ein Bein und springt wie ein Geißbock aus dem Stand in den Feldrain. Da, ein Quieken! Mit hoch erhobenem

Haupt präsentiert sie uns stolz die Beute in ihrem Maul. Ein Biss, ein Knirschen und verschlungen ist die Maus.

Die Getreidefelder sind schon fast alle abgeerntet. Nur noch Stoppeln stehen da. Wie sagte doch früher meine Oma: „Mädle, wenn der Wind über die Stoppeln weht, dann kommt der Herbst." Aber es ist doch erst August und die Hundstage haben uns mit einer Hitzewelle voll im Griff. Und doch, es ist bereits Erntezeit. Auf den abgeernteten Getreidefeldern labt sich ein Schwarm Tauben an den Kornresten. Der Ruf der Wildenten ist zu hören, die in einer kleinen Gruppe durch die Lüfte ziehen.

Unser Weg geht über einen Bach. Ganz ruhig bleiben wir stehen und halten nach dem Biber Ausschau, der hier zu Hause ist. Der Bach ist gestaut. Eine Entenmutter und ihre zwei Jungen gleiten lautlos über das Wasser. An einem nahen Maisfeld entdecken wir eine kleine Schneise. Schleifspuren ziehen sich durch das Gras bis zum Bach. Baumeister Biber holt sich im Maisfeld Baumaterial, schleppt die Stangen zum Bach und baut damit seinen Damm. Inzwischen hat die Sonne den Himmel schon etwas mehr erobert. Es wird warm, man kann es spüren.

Mit einem Mal ist ein fröhliches Jubilieren zu hören. Es ist der Gesang einer Lerche, die sich musizierend in den Himmel schraubt. Eine große Wiese löst die trostlosen Getreidestoppeln ab. Sie ist noch nicht gemäht. Die Farbe des Grases hat bereits einen herbstlichen Touch. Das satte Grün des Sommers hat braune Spitzen bekommen und die bunte Blumenvielfalt ist fast verblüht. Und doch tanzen zahlreiche Insekten ihren Reigen und lassen ein feines Summen ertönen.

Dichte Büsche säumen den Wiesengrund. Hier beginnt das Haseneldorado. Meister Lampe und die ganze Sippe geben sich hier ein Stelldichein. Sie sitzen da, mümmeln vor sich hin und spitzen die langen Ohren. Das ist eine harte Probe für unsere Hündin, die diese Idylle jetzt gerne aufmischen würde. Doch die Leine lässt das nicht zu. Dafür entschädigt immer mal wieder die eine oder andere Mäusepraline das aufgeregte Hundeherz. In der Ferne erregt etwas unsere Aufmerksamkeit. Wir lassen den Blick schweifen, während unsere Kiri an der Leine zerrt.

Ein Reh springt durch den Wiesengrund. Das ist selten der Fall und wenn, dann ist es meistens eine kleine Gruppe. Traktorgeräusche sind zu hören. Aha, die Feldarbeit beginnt! Noch stehen Mais und Kürbisse, Kartoffeln und Rüben. Einige Felder sind umgepflügt und zeigen die dunklen Schollen der fruchtbaren Erde. Andere Felder wurden bereits eingeebnet und die zarten, grünen Spitzen der Wintergerste schieben sich durch den Boden dem Licht entgegen. In der Ferne hören wir noch das Plätschern des Baches, unsere Morgenwanderung aber neigt sich dem Ende zu.

Die Sonne scheint uns ins Gesicht. Es ist heiß und es ist Sommer. Trotzdem, der Herbst steht in den Startlöchern. Ein Hauch von Wehmut macht sich breit, wenn es nun bald heißt: „Lebe wohl Sommer." Aber: „Auch der Herbst hat schöne Tage!"

## Herbststimmung am Baggersee

Ganz langsam verabschiedet sich der Sommer – der Herbst kommt ins Land. Morgens um sechs Uhr, wenn ich zum Fenster hinausblicke, ist es nicht mehr taghell wie sonst. Da, wo noch vor einigen Wochen um diese Zeit die ersten Sonnenstrahlen die Schatten der Bäume vorausschickten, ist es jetzt noch dämmerig. Frühnebel steigt auf. Es ist feucht und es riecht nach Erde, nach welken Blättern.

Vor meiner Haustüre und auf den Fensterbrettern liegen kleine und große Kürbisse. Der Sommer ist vorüber. Gestern war Herbstanfang. Doch heute meint es die Sonne noch einmal richtig gut. Ich sollte noch einmal schwimmen gehen. Warm genug ist es. Kurz darauf rollt mein kleiner Flitzer den holperigen Weg am Baggersee entlang. Es staubt nicht mehr so wie im Sommer. Auch das Wasser schimmert ganz anders als sonst. Die Birken am Rand des kleinen Wäldchens tragen bereits braune Blätter. Das Wasser ist unruhig, nicht mehr spiegelglatt, wie ich das von den vorausgegangenen Wochen kenne. Feine Wellen kräuseln sich. Andächtig blicke ich rundherum.

Ich sehe in der Erinnerung die Menschen, die sich sonst hier tummeln, ja, ich höre sogar ihr Lachen, ihr Rufen nach den Kindern, das Bellen der Hunde. Aber heute ist kein Mensch da. Der See gehört mir allein. Langsam nehme ich auf meinem Stuhl Platz und genieße die warmen Sonnenstrahlen auf meiner Haut, greife in meinen Korb nach meinem Buch, schlage es auf, um zu lesen. Doch irgendwie kann ich mich gar nicht darauf konzentrieren. Immer wieder muss ich nach oben schauen. Weit geht mein Blick. Nichts rührt sich.

Ich stelle fest, dass mit dem Wechsel der Jahreszeiten auch die Geräusche der Natur sich verändert haben. Es ist viel ruhiger hier am See. Nur das Schilf rauscht. Die schmalen, langen Blätter wiegen sich im Wind sachte hin und her. Das intensive, helle Strahlen der Sonne fehlt, jetzt wirkt das Licht gedämpft. In stumpfen Farben heben sich die Sandberge, das Wasser und die umliegenden Bäume und Sträucher vom Himmel ab.

Ich lehne mich in meinem Stuhl zurück und seufze leise, lächle und genieße dieses wunderschöne Ambiente. Hinter den großen Büschen liegt ein kleiner Campingplatz. Fast alle Gäste sind weg. Ich werde neugierig und schlendere über den großen Platz. Von hier habe ich einen noch besseren Ausblick. Man kann hinter den Sandbergen die angrenzenden Felder sehen. Sie sind abgeerntet. Nur noch etwas Mais steht und Getreidestoppeln. „Mädle, wenn der Wind über die Stoppeln fegt, no isch Herbst", meinte immer meine Oma.

Mir ist warm geworden und es zieht mich zum See zurück. Das Wasser umspült meine Füße, kalt und klar. Vorsichtig gehe ich weiter. Jetzt gibt es kein Zurück mehr. Noch zwei Schritte, dann gleite ich ganz langsam in das kühle Nass. Heute bleibt mir etwas die Luft weg. Ich schwimme rund um den See, beobachte das Ufer. Alles ist anders als sonst. Wo sind all die Tiere, die ich den ganzen Sommer über hören und sehen konnte? Kein Quaken der Frösche und kein Zwitschern der Vögel ist zu hören. Wo sind die Fische, die immer so munter aus dem Wasser gesprungen sind? Nur der Wind ist zu vernehmen, der sanft durch die Bäume streicht.

Mein Blick geht zum Himmel. Vom Westen her kommen die ersten Wolken. Das unruhige Wasser spritzt mir ins Gesicht. Eine vorwitzige Wolke schiebt sich vor die Sonne, sofort wird es kühler. Es ist eben schon Herbst.

Fast wehmütig schwimme ich ans Ufer, werfe einen letzten Blick über den See. Mich fröstelt. Schwimmen werde ich hier dieses Jahr nicht mehr. Aber ich werde an einem schönen Tag mit dem Fahrrad wiederkommen, um zu sehen, wie sich die Natur verändert und der Herbst alles in goldene Farben gehüllt hat.

# Henrike Straub

Henrike Straub, gebürtige Fränkin, wohnt seit 1988 im Landkreis. Sie war Lehrerin für Grund- und Mittelschule und ist seit vielen Jahren ehrenamtliche Hospizhelferin. Ihre Geschichten und Gedichte, die sie für ihre Arbeit in der Sterbebegleitung schreibt, sind hauptsächlich zum Vorlesen gedacht, sollen aber auch zum Nachdenken und Diskutieren anregen.

# Schnapszahlen

Wissen Sie, was eine Schnapszahl ist? Ja?
Nein, nicht die Zahl der Schnäpse, die Sie brauchen, bis Sie nicht mehr zählen können! Nein, auch nicht die Zahl, die auf den Schnapsflaschen steht – die mit dem Prozentzeichen!

Eine Schnapszahl ist eine Zahl, die nur durch gleiche Ziffern dargestellt wird. Also 11, 22, 333, 666 usw. Die Bezeichnung kommt wohl von Spielen mit mehreren Teilnehmern, bei denen derjenige, der eine solche Zahl als Punktestand erreicht, einen Schnaps für die Mitspieler spendieren muss.

Vielleicht kommt es aber auch daher, dass man nach zu vielen Schnäpsen doppelt sieht und so statt 2 Euro schon mal 22 Euro bezahlt. Aber in diesem Zustand ist einem das sicher recht gleichgültig!

Oder vielleicht steckt Zahlenmagie dahinter? Eine milde Form der Zahlenmagie. Immerhin kommt der Schnapszahl 666 in der Offenbarung des Johannes eine besondere Bedeutung zu. Und für ein bisschen Magie und Aberglauben sind wir ja so ziemlich alle zu haben. Nicht umsonst fängt die „Närrische Zeit" am 11.11. an und viele Heiratswillige suchen sich so ein Datum als Hochzeitstag aus – es bringt ja Glück! Zumindest für den Ehemann: Er wird so ein Hochzeitsdatum mit ziemlicher Sicherheit nicht so leicht vergessen!

Nichtsdestotrotz sind viele an solchen Tagen geschlossene Ehen wieder geschieden. War wohl nichts mit dem Glück.

Letztes Jahr gab es einen besonderen Tag. Es war der 20.02.2020. Das ist zwar streng genommen keine

Schnapszahl, aber ich will das mal nicht so genau nehmen. Jedenfalls wartete ich auf eine ganz spezielle Uhrzeit. Sie können sich sicher denken, welche.

Ja, richtig: 20:20 Uhr.

So etwas gibt es nur einmal im Leben! Also Kamera gezückt und das dokumentiert! Und schon war eine Idee geboren: Welche Schnapszahlen sind mir bisher begegnet, die eine besondere Bedeutung haben oder hatten?

Die erste könnte die 22 sein – die „bronzene Hochzeit" nach 22 Jahren Ehe. Hab ich irgendwie verpasst. Nicht die Ehe, sondern die besondere Feier!

Die 333 begleitet mich seit dem Geschichtsunterricht meiner Schulzeit. Mit dem Spruch „Drei, drei, drei, Issos Keilerei" merkten wir uns ein wichtiges Ereignis in der griechischen Geschichte. Das Drumherum habe ich allerdings längst vergessen!

Die Zahl 444 aber ist wirklich bedeutsam für mich. Ich hatte mir ein neues Auto gekauft und war auf dem Weg, um die Zulassung zu regeln. Vorher besuchte ich noch ein Café und trank einen Cappuccino, garniert mit einem Stückchen Kuchen. Preis: 4,44 €.

Als ich dann kurz darauf in der Zulassungsstelle mein Wunschkennzeichen angeben sollte, gab es das nicht so, wie ich es gerne gehabt hätte. Ich musste eine andere Buchstabenkombination wählen und auch die Ziffernfolge, die ich wollte, gab es nicht mehr. Die Angestellte scrollte etwas auf der entsprechenden Seite im Computer und meinte dann: „Ich könnte Ihnen die 444 anbieten." Na, wenn das kein Zeichen war! Natürlich nahm ich diese Nummer für mein neues Kennzeichen.

Etliche Jahre und Preiserhöhungen später kostete mich die gleiche Gaumenfreudenkombination im gleichen Café 5,55 €.

Mit der 66 verbinde ich das Lied von Udo Jürgens. Angeblich fängt dann das Leben an! Aber das ist bekanntlich Ansichtssache.

Die 77 gilt allgemein als Glückszahl. Doch da ich nicht Lotto spiele, ist das „Spiel 77" nicht wirklich wichtig für mich. Aber da fällt mir ein, dass es Anfang der sechziger Jahre eine amerikanische Fernsehserie gab, die wir uns ansehen durften: „77 Sunset Strip". Kennt die noch jemand von Ihnen?

Erst die 88 hat wieder eine, wenn auch geringfügige Bedeutung: Meine Großmutter starb im Alter von 88 Jahren. Ob ich es ihr gleichtue – oder sie sogar toppe?

Vielleicht habe ich Sie ja jetzt auf den Geschmack gebracht.

Also – machen Sie sich auf die Suche nach Ihren eigenen Schnapszahlen – mit oder ohne Schnaps!

# Die Krönung der Erde

Da hat sie uns doch eiskalt erwischt! Wer? Von wem ist die Rede? Von dem schwedischen Mädchen? Dem Mädchen, das uns, hauptsächlich aber den Mächtigen der Welt, seit längerer Zeit so tüchtig einheizt? Natürlich nicht nur denen, sondern jedem von uns.

„Ihr müsst endlich etwas tun!", schreit sie ihnen und uns zu. Tun wir – jeder einzelne von uns – auch etwas?

Aber nein, ich meine nicht dieses Mädchen, sondern unsere gute alte Mutter Erde. SIE hat uns eiskalt erwischt!

Na ja, die Chinesen haben sich, so sollte man meinen, die Mahnung wohl wirklich zu Herzen genommen. Sie haben die Krönung der Erde in Gang gebracht. Ausgerechnet ein Land, das die größte Luftverschmutzung der Welt hat und ausgerechnet mit einer Lungenkrankheit.

Merkwürdig.

Jetzt kann sie einmal ein bisschen durchatmen, die Erde!

„Wenn ihr nichts tun wollt, was gut für mich ist", scheint sie zu sagen, „dann sorge ich eben selbst dafür und schicke das kleine Geschenk aus China um die Welt. Vielleicht spürt ihr dann ja mal selbst, wie es ist, kaum richtig Luft zu bekommen! Mal sehen, wie ihr damit zurechtkommt und was ihr daraus macht. Ihr seid ja selbst schuld! Das habt ihr nun von eurer Globalisierung. Vielleicht lernt ihr daraus, besser zusammenzustehen?

Aber bitte: Igelt euch nicht wieder ein wie all die Jahrhunderte zuvor! Das bringt nichts. Ich bin stärker, wetten?" Und schmunzelnd fügt sie noch hinzu: „Keine Angst, ich sorge schon dafür, dass ihr nicht aussterbt, dafür mag ich euch doch viel zu gerne, was wäre ich denn ohne euch? Ein paar weniger von euch wäre zwar nicht das Schlechteste für mich. Aber viel besser wären eine Menge mehr Vernünftige von euch – oder?"

Ein bisschen zögert sie noch, doch dann setzt sich die Erde mit einem tiefen Seufzer die Krone aufs Haupt.

# Gabriele Walter

Gabriele Walter, geboren in Schwäbisch Hall, seit 1981 in Nördlingen wohnhaft, schreibt Romane und widmet sich in ihrer Freizeit dem Kochen und der Pflege ihres Gartens.

„Schreiben ist für mich die beste Gelegenheit, meiner Fantasie Flügel zu verleihen, doch auch um ihr Einhalt zu gebieten, bevor sie mit mir durchgeht."

Weitere Infos unter **www.autorin-gabrielewalter.de**

# Die Pilzsammlerin

Die ersten Sonnenstrahlen streichelten Lillis Gesicht, als sie am frühen Morgen erwachte. Gerade mal fünf Jahre alt, blickte sie jeden Morgen erwartungsvoll in den neuen Tag. Heute freute sie sich auf den Ausflug mit ihrer Freundin Helga und deren Mutter. Es sollte in den nahen Wald zum Pilzesammeln gehen.

Lilli liebte den federnden Waldboden, die unzähligen Gerüche der verschiedenen Bäume und der feuchten Erde. Zudem gab es außer den Bäumen auch Sträucher, Blumen, manchmal sogar Tiere zu sehen und zu bestimmten Zeiten konnte man Beeren und Pilze sammeln.

Sowie Lilli einen Pilz entdeckte, rief sie nach Helgas Mutter. Handelte es sich um einen essbaren Pilz, schnitt diese ihn vorsichtig ab, nicht ohne zuvor dessen Namen zu nennen. Am Ende hatte Lilli nicht nur eine Menge über Pilze gelernt, sie brachte auch einen ganzen Korb voll mit den vielfältigsten Pilzen nach Hause.

Lillis Mutter kannte sich mit Pilzen nicht aus, also stellte sie den Korb in die Speisekammer, um sie am Abend Lillis Vater zu zeigen. Aber auch er beäugte das Ernteglück seiner Tochter mehr als skeptisch. Um sicherzugehen, dass auch wirklich kein giftiger Pilz darunter war, sollte Lilli zu Onkel Eberhard gehen. Lilli protestierte. Sie erklärte, dass es bei Helga oft Pilzgerichte gebe und schließlich noch niemand vergiftet worden sei. Doch ihr Vater bestand darauf. Also machte sie sich auf den Weg zu dem griesgrämigen Onkel, den sie überhaupt nicht leiden mochte.

Der leerte den Inhalt des Korbes auf den Küchentisch, besah sich die Pilze und sortierte einen nach dem anderen aus. Selbst den großen, der Lillis ganzer Stolz war. Letztendlich blieb lediglich eine Hand voll übrig. Enttäuscht verabschiedete sie sich.

Doch während sie so auf dem Weg nach Hause dahinschlenderte, kam ihr eine Idee. Da der Onkel eben sehr nett zu ihr gewesen war und ein kundiger Pilzsammler zu sein schien, wollte sie ihn bitten, ihn bei seiner nächsten Pilzwanderung begleiten zu dürfen. Also machte sie kehrt und lief noch einmal zurück.

Kaum hatte sie das Haus des Onkels betreten, kroch ihr ein angenehmer Duft in die Nase. Die Tante bereitete wohl gerade das Abendessen zu. Und tatsächlich, als Lilli die Küche betrat, stand diese am Herd und rührte vorsichtig in einer Pfanne. Nach einem kurzen Blick auf den Inhalt schaute Lilli fassungslos von Tante zu Onkel. Beide senkten beschämt ihre Köpfe.

# Der Herbst zieht ins Land

Schummriges Licht kriecht in mein Zimmer, noch viel zu früh, um aufzustehen. Gähnend recke und strecke ich meine Glieder und reibe mir den Schlaf aus den Augen. Ich atme einmal tief ein und wieder aus. Irgendetwas ist heute anders. Mein Blick sucht das beleuchtete Ziffernblatt des Weckers. Fünf vor sechs. Müsste es um diese Zeit nicht schon heller sein? Und die Stille wirkt irgendwie beklemmend. Kein Laut dringt durch das offene Fenster, kein Vogelgezwitscher. Kühl ist es geworden. Ich rubble meine nackten Oberarme. Ach ja – Anfang September – der Herbst zieht ins Land. Die Tage werden kürzer.

Als die Glocken vom Schmähinger Kirchturm die sechste Stunde einläuten, schlage ich die Bettdecke zurück und erhebe mich. Weil mich fröstelt, greife ich zum ersten Mal seit Langem nach meinem Morgenmantel und werfe einen Blick aus dem Fenster. Nebelschwaden kriechen über den Boden, heben sich langsam, zerreißen und schweben dahin wie Gespenster der Nacht.

Gemächlich schlendere ich in die Küche und schalte die Kaffeemaschine ein. Gedankenverloren höre ich dem Geblubbere und Gezische zu, während ich erneut einen Blick aus dem Fenster werfe. Im Osten zeigt sich inzwischen ein zartrosa Band am Horizont, das in Gelb übergehend in den nun bereits hellblauen Himmel entflieht. Noch verbirgt sich die Sonne hinter den rosa Schlieren.

Ich gieße dampfenden Kaffee in meine Lieblingstasse, begebe mich hinaus auf die Terrasse und setze mich in den Strandkorb, den ich im Frühjahr erstanden habe.

Eine leichte Brise streichelt mein Gesicht, das ich der aufgehenden Sonne zuwende. Immer wieder aufs Neue faszinierend, dieses morgendliche Schauspiel der strahlend gelben Kugel. Doch heute vermisse ich dieses Meer an Farben, das helle Orange, das nach und nach in kräftige Rottöne übergeht. Momente magischen Lichts, die man am liebsten mit Pinsel und Farbe auf eine Leinwand bannen möchte.

Da! Ein klägliches Krächzen aus einem der Bäume. Noch zu müde, um zu zwitschern? Und wen sehe ich denn da auf leisen Sohlen zu mir heranschleichen? Lady, die Katze der Nachbarin, kommt vom nächtlichen Streifzug und ehe ich mich versehe, springt sie hoch und kuschelt sich an mich. In Anbetracht der beiden Lebenszeichen lehne ich mich beruhigt zurück, kraule Lady hinter den Ohren, während ich dem Rascheln der Blätter lausche und die Bäume und Sträucher betrachte, deren Laub sich bereits gelb, an manchen Stellen sogar schon rötlich färbt.

Ein Lächeln stiehlt sich auf meine Lippen, als ich das wie verzaubert wirkende, filigran gesponnene Rad einer Spinne entdecke, das von nächtlichen Tautropfen benetzt im ersten Morgenlicht glitzert, als wäre es mit kleinen Saphiren, Smaragden und Brillanten besetzt. Wieder eine Brise, stärker als die erste. Einige Blätter flattern zu Boden. Die Natur entkleidet sich, um sich zur Ruhe zu begeben. Bald wird mein Garten von bunten Blättern übersät sein und die meisten Bäume und Sträucher werden ihre entblößten Zweige gen Himmel recken. Dann schläft die Natur, sammelt Kraft, um sich im nächsten Frühling mit neu gewonnener Energie zu entfalten und uns mit saftigem Grün und bunten Farben zu erfreuen. Ich nehme einen letzten Schluck Kaffee und setze Lady auf die Wiese. Sie zieht maunzend und beleidigt ab, während ich mich erhebe und ins Haus zurückgehe.

Doch ein wenig kühl heute Morgen!

# Ein magischer Moment

Sina klappte ihren Laptop zu und steckte ihn in ihre schwarze Businesstasche. Inzwischen arbeitete sie in einem alteingesessenen Marketingunternehmen und war in der finanziellen Unternehmensführung tätig. Sinas direkter Vorgesetzter genoss es, sie bei jeder sich bietenden Gelegenheit zu kritisieren. Als ihr Chef sie vor einer Stunde bat, sich die Buchführung des Sternelokals eines Freundes anzusehen, stimmte sie erfreut zu. Einige Tage ohne den mäkelnden Gerhardt Olden würden ihr guttun. Sie ließ sich hinters Steuer ihres roten Mini Cooper Cabriolets gleiten, startete und fuhr zunächst nach Hause, um eine Reisetasche mit dem Nötigsten für zwei bis drei Tage zu packen. Direkt anschließend fuhr sie in Richtung Nürnberg. Für diesen Tag war lediglich das Einchecken in das von ihrem Chef gebuchte Zimmer im Burghotel angesagt. Und das war gut so. Nach zweieinhalb Stunden Fahrt wollte sie nur noch ihren wohlverdienten Feierabend genießen und sich nicht in das Finanzchaos des ihr unbekannten Sternekochs knien.

Nachdem Sina ein leichtes Abendessen im Hotelrestaurant zu sich genommen hatte, fühlte sie sich erholt und doch noch nicht müde genug, um sich auf ihr Zimmer zurückzuziehen. Sie verließ das Hotel und schlenderte durch die Straßen und Gassen der mittelalterlichen Altstadt. Plötzlich, sie konnte später nicht mehr sagen weshalb, wurde ihr Blick auf das mit buntem Glas gestaltete Fenster eines Fachwerkhauses gelenkt. Ihr Herz begann plötzlich heftig zu schlagen. *Hinter diesem Fenster wohnt der Mann, in den ich mich verlieben werde*, dachte sie und schalt sich gleich darauf eine romantikbesessene Idiotin. Schnell wandte sie sich ab und ging weiter. Als sie nach dem ausgedehnten Spaziergang das Hotel betrat, war der magische Moment auch schon vergessen.

Nach einem kargen Frühstück machte sie sich auf den Weg zum Sternelokal. Von ihrem Chef wusste sie, zu welcher Tür sie seitlich des Lokals gehen musste, um es zu dieser frühen Stunde betreten zu können. „Hallo", rief sie und machte einen ersten unsicheren Schritt in den schmalen Gang.

„Ich bin hier", antwortete eine markante Stimme und eine Sekunde später erschien auch der dazugehörige Mann. „Sie sind sicher Frau Henning", rief er, während er freudig lächelnd auf sie zuschritt. „Guten ..." – er stutzte einen Moment, bevor er „... Morgen", hinzufügte.

„Ja, die bin ich", antwortete Sina, als er ihr seine Hand entgegenstreckte. Ihr Herz klopfte bis zum Hals. *Was für ein Mann! Reiß dich am Riemen!*

„Ich bin Marvin Landau."

„Guten Morgen, Herr Landau. Was kann ich für Sie tun?", fragte sie schnell, um ihre Nervosität zu unterdrücken.

„Nun ja, Erich hat Sie sicher zur Genüge instruiert. Ich brauche dringend Hilfe bei meiner Buchführung." Mit einer einladenden Handbewegung bat er sie in sein Büro. „In dieser Ablage liegen die unbezahlten Rechnungen. Die bezahlten finden Sie hier", erklärte er, hob einen Karton hoch und stellte ihn auf seinen Schreibtisch. „Seit meine Bürokraft in Elternzeit ist, herrscht hier Chaos. Ich weiß, ich hätte längst eine Aushilfe einstellen müssen, aber ..."

Sina nickte verstehend vor sich hin. „Ich schau mir das mal an."

„Danke, danke. Sie sehen nicht nur aus wie ein Engel, Sie sind einer", charmierte er und schaute sie dabei an, als hätte sie tatsächlich Flügel.

In Sinas Bauch kribbelte es, als flatterten tausend Schmetterlinge auf einmal darin herum und es wurde ihr ganz warm ums Herz. Um sich abzulenken, setzte sie sich und begann damit, die Rechnungen zu sortieren. „Am besten, Sie lassen mich jetzt allein."

„Ja …, ja klar" antwortete er und fügte erklärend hinzu: „Ich fahre dann mal auf den Markt." Fast zwei Stunden später warf er einen kurzen Blick in sein Büro und meldete sich zurück. Kurz darauf vernahm sie unterschiedliche Stimmen und daraufhin Geräusche, wie man sie aus jeder Küche vernahm, in der gekocht wurde. Irgendwann verspürte Sina ein Grummeln im Bauch. Die Zeiger der Wanduhr standen bereits auf drei vor zwei. Hungrig nahm sie nun auch die Wohlgerüche wahr, die ihre Nase verlockend umschmeichelten. Als hätte jemand ihre Gedanken vernommen, wurde die Tür geöffnet und Marvin Landau streckte seinen Kopf durch den Türspalt.

„Hunger? Kommen Sie!", befahl er freundlich. Das ließ sich Sina nicht zweimal sagen. Marvin Landau ließ seinen Blick über die leeren Kartons schweifen. „Sie waren fleißig!"

„Erst mal nur sortiert und eingeheftet. Nach dem Essen mache ich mich an die Buchführung", entgegnete sie, während sie dem Koch folgte. In der Küche angekommen bat er sie, am Table du Chef Platz zu nehmen und servierte ihr das köstlichste Steak, das sie je gegessen hatte. Nach dem Essen arbeitete sie unverzüglich weiter. Vertieft in ihre Arbeit, bemerkte sie erst, als sie die Tischlampe anknipsen musste, wie spät es inzwischen geworden war. Müde gähnend, streckte sie ihre Glieder und erhob sich sogleich. Höchste Zeit fürs Bett. Sie ergriff ihre Tasche, ging noch einmal zur Küche und rief ein freundliches „Gute Nacht" hinein.

„Warten Sie!", rief Marvin Landau ihr zu. „Morgen ist Ruhetag. Ich hole Sie gegen neun vom Hotel ab."

Sina zuckte etwas irritiert mit den Schultern, bevor sie zustimmend nickte. Was hatte er vor?

„Lassen Sie sich überraschen", sagte er gleich darauf, als hätte er ihre Gedanken gelesen.

Pünktlich um neun erschien er im Foyer des Hotels. Sein Lächeln war ansteckend und brachte ihr Herz erneut zum Stolpern. Was für ein Mann! Während er ihr die Tür seines Wagens aufhielt, sagte er: „Bevor ich Ihnen einen ganz bestimmten Platz in Nürnberg zeige, fahren wir zu mir nach Hause. Ich habe dummerweise etwas Wichtiges vergessen und das muss ich zuvor abholen."

Sina konnte es kaum fassen, als er geradewegs auf das Haus mit dem bunten Glasfenster zusteuerte. *Er wird doch nicht …*

„Gedulden Sie sich bitte einen Moment. Ich bin gleich zurück", bat er, stieg aus und lief auf das Nachbarhaus zu.

Knapp daneben ist auch vorbei, dachte sie enttäuscht und blickte nach oben zu dem wunderschönen Buntglasfenster, das eben in diesem Moment geöffnet wurde.

„Ich hab's gleich", rief er hinunter, bevor er es wieder schloss.

„Aber …, flüsterte Sina, einen Blick in Richtung Nachbarhaus werfend, während ein Schauer über ihren Rücken lief, sich sämtliche Härchen aufstellten und ihr Herz einige unregelmäßige Hüpfer tat. „Ich nahm an, Sie wohnen hier", sagte sie, ihn fragend anblickend und auf das Nachbarhaus deutend, als er mit einem offensichtlich gut gefüllten Picknickkorb zurückkam.

„Oh! Zurzeit kann ich mein Haus wegen Bauarbeiten nur durch die Hintertür betreten. Ein Gartentürchen verbindet das Nachbargrundstück mit meinem. Ich habe das Haus von meinen Großeltern geerbt und restaurieren lassen. Nur an das Buntglasfenster durfte niemand Hand anlegen", erklärte er nach oben deutend.

„Das hat mein Großvater selbst gemacht. Ist es nicht schön?"

Sina nickte zustimmend. „Ja, wunderschön."

# Gerhard Sagasser

*1931

Sohn eines Zollbeamten, aufgewachsen in Oberschlesien und im Sudetenland, an den Grenzen zu Polen und der Tschechoslowakei. Der Vater wurde dienstlich abgeordnet und zum Kriegsdienst einberufen, Gerhards Erziehung von März 1938 bis Oktober 1947 blieb der Mutter überlassen. Stark prägten ihn seine Einsätze im Volkssturm, der Einmarsch der Roten Armee, die Vertreibungen aus dem Sudetenland und Schlesien, nicht zuletzt der schwere Anfang in Niederbayern. Als staatlich geprüfter Landwirt trat er 1952 in die Bayerische Bereitschaftspolizei ein und 1991 in Passau als Erster Polizeihauptkommissar der Bayerischen Grenzpolizei in den Ruhestand. Er ist seit 1992 verwitwet und Vater von drei erwachsenen Kindern. 1994 haben ihm eine Witwe und ihr erwachsener Sohn Donauwörth zur zweiten Heimat werden lassen. Im Ruhestand beschäftigt er sich mit Imkerei, ehrenamtlicher Arbeit im Opferschutzverein WEISSER RING, schreibt Lang- und Kurzgeschichten, Gedichte, Zeitgenössisches und Vergangenes.

# Hamburg ohne Koffer

Hast Du Deinen Koffer fertig gepackt?" Ingrid machte es nervös, dass Gerhard über dem Kreuzworträtsel der Tageszeitung vom Vortag saß, während sie den Inhalt ihres eigenen Koffers mit der Liste verglich, die sie für Kurzausflüge einmal erstellt und die sich bewährt hatte.

„Ich glaube schon", murmelte Gerhard.

„Auch die Badehose? In dem Hotel gibt es ein tolles Schwimmbad. Vor dem Frühstück können wir da erst mal eine Stunde schwimmen. Du hättest dir ja wirklich schon längst mal eine neue kaufen können. Mit dem alten Ding muss man sich ja echt genieren, aber in Hamburg kennt dich ja keiner", seufzte Ingrid. Endlich lagen die Koffer im Auto.

„So, jetzt haben wir noch mehr als zwei Stunden Zeit bis wir in den IC steigen können", stellte Ingrid beruhigt fest. Doch im Parkhaus war kein Platz mehr frei. Sie durchfuhren die drei überdachten Etagen, doch selbst auf der nicht bedachten war kein Platz mehr frei. Ingrid, die am Steuer saß, konnte das nicht entmutigen. „Wir haben ja noch Zeit und wenn wir schon warten müssen bis einer rausfährt, dann am besten ganz unten", beschloss sie und durchfuhr langsam wieder abwärts die Etagen. Dabei begegneten ihnen hoffnungsvolle Fahrer, die wohl glaubten, sie hätte einen Platz freigemacht und würde das Parkhaus verlassen.

Ganz unten, nahe dem Einfahrtstor, hielt Ingrid an. Als kurz danach ein älteres Ehepaar hereingelaufen kam, stieg Ingrid aus und sprach die beiden an. Ja, sie würden gleich den dritten Platz freimachen, hörte Ingrid sie sagen. Doch als sie an ihr Auto traten, kam ein Parkplatzsuchender hereingefahren und stellte sich in Position, um den Platz einzunehmen.

Schnell schaltete Gerhard den Fahrtrichtungsanzeiger ein, um das dem Rivalen anzuzeigen. Der aber blieb abwartend stehen. Ingrid stieg ein. Der Fahrer, der ausparken wollte, hatte, wie man sehen konnte, den Rückwärtsgang eingeschaltet, blieb aber stehen und nickte Ingrid zu.

Endlich gab der Gegner auf und raste, Ingrid einen wütenden Blick zuwerfend, mit Vollgas weiter ins Parkhaus hinein. Dankbar winkten Ingrid und Gerhard den alten Leuten zu und nahmen den Platz ein.

„Jetzt haben wir noch immer zwei Stunden Zeit und können vor der langen Bahnfahrt noch ein bisschen durch die Stadt laufen. Ich kann noch mal schnell in eine Drogerie gehen", schlug Ingrid vor.

„Ich weiß nicht, ob ich das auch will", entgegnete ihr Gerhard, „die Koffer!"

„Ach, die Koffer lassen wir noch im Auto, die sind ja später schnell geholt", bekam er zu hören. Also blieben die Koffer im Auto. Gerhard und Ingrid hängten sich nur ihre Taschen mit den Geldbörsen, Fahrkarten, bezahlten Hotelbuchungen und die Eintrittskarten für das Musical „König der Löwen" über die Schultern.

Sie waren noch nicht weit gelaufen, als Gerhard vorschlug, ins „Drei Kronen-Hotel" zu gehen. Ingrid ließ sich überreden und sie gönnten sich ein gutes Mahl. Im netten Gespräch mit anderen Gästen verging die Zeit, bis Ingrid bemerkte, dass sie nun aber doch zahlen und zum Bahnhof gehen sollten. Schon jetzt fühlten sie sich so richtig wie im Urlaub. Auf dem Bahnsteig angekommen, nahm Ingrid die Fahrkarten aus ihrer Tasche und suchte nach der Waggon- und der gebuchten Sitzplatznummer.

„Wir stehen gerade richtig", sagte sie noch, als der IC vor ihnen anhielt. Als der letzte Fahrgast ausgestiegen war, waren sie die Ersten, die einstiegen und auch gleich ihre gebuchten Sitzplätze fanden. Genüsslich ließen sie sich noch in die gepolsterten Sitze fallen, um sich dann, wie vom Blitz getroffen, anzustarren.

„Unsere Koffer!"

Die lagen im Auto und das stand im Parkhaus. Was nun? Die nächste Haltestation war Treuchtlingen. Dort aussteigen, zurückfahren, die Koffer holen und zu Hause wieder auspacken? Alles, was sie für diese Reise bezahlt hatten, aufgeben? Die Kosten für die Bahnfahrt mit Zugbindung, drei Übernachtungen im Viersternehotel „Europäischer Hof", die Eintrittskarten für das Musical „König der Löwen"?

Nein, nein, nein! Sie blieben sitzen. Was brauchten sie für die vor ihnen liegenden drei Tage und Nächte wirklich?

In Hamburg angekommen, mussten sie nur über die Straße laufen, um das Hotel zu erreichen. In ihrem Hotelzimmer setzten sie sich erst einmal hin und dachten wieder nach: „Was brauchen wir hier? Wasser, Duschgel und Handtücher sind da. Schlafanzüge? Sähe bestimmt besser aus, wenn die Zimmermädchen am nächsten Morgen welche schön zusammenlegen könnten!"

Ingrid notierte auf dem auf dem Nachttisch liegenden Notizblock: Schlafanzug, Badehosen, Unterwäsche sowie Zahnbürsten und Zahnpasta. Letzteres natürlich nicht nur, um den Zimmermädchen das eigene Niveau zu demonstrieren.

„Also machen wir uns auf den Weg, noch sind die Geschäfte auf", sagte Ingrid mehr zu sich selbst, aber Gerhard stimmte ihr zu. Glücklicherweise traf die in den Wetterberichten angekündigte Vorhersage nicht zu, es regnete nicht. Schnell fanden sie eine Straße, in der sich Bekleidungsgeschäft an Bekleidungsgeschäft reihte. „Mensch, ist das hier alles teuer", klagte Gerhard „schau dir das mal an, kein Herrenschuh unter 500 Euro!" Ingrid lief ihm voraus, blieb dann aber vor einer Ladentür stehen: „Gehen wir doch hier mal rein." Gerhard stutzte: „Also Kaffee ist doch wohl das Letzte, was wir suchen!" – „Hier aber vielleicht finden", gab Ingrid zurück und lächelte. Sie betrat den *Tchibo*-Laden, ging schnell die Regale entlang und stand schließlich vor einer Badehose für 9,90 Euro, einem Paket mit drei kurzen Herrenunterhosen für 15,90 Euro und preisgünstigen Unterhemden im Dreierpack. Ein Regal weiter fand Ingrid Damenunterwäsche.

Etwas abseits von der Hauptstraße fanden sie schließlich in einem Geschäft, das seinen „Ausverkauf" ankündigte, preiswerte Schlafanzüge, zwei Blusen und zwei Hemden. Dort fand Ingrid zudem einen Badeanzug, dessen Preis um 50 Prozent herabgesetzt worden war. Er passte ihr nicht nur, sie sah darin auch besser aus als in dem, der im Koffer zurückgeblieben war. Der ganze Einkauf hatte sie keine 180 Euro gekostet! Etwas hatten sie bei ihrer Shoppingtour dennoch vergessen. Als sich Gerhard später im Bad des Hotelzimmers im

Spiegel sah, griff er sich ins Gesicht. Er hatte kein Rasierzeug.

Ingrid, die ihn beobachtete, tröstete ihn lächelnd: „Wie wär's denn mal mit einem Dreitagebart?"

Und als sie später in der Bar bei einem Glas Wein saßen und sich umsahen, bemerkte Ingrid mit ernstem Gesicht: „Schau dir doch bloß die Gesichter der Männer an, wie viele hier scheinbar auch ihren Koffer vergessen haben!"

# Herbstferien

Die Corona-Seuche hat uns die Sommerferien ganz schön vermasselt. Aus unserer Nilfahrt in Nordafrika wurde nichts. Auch nichts aus den Herbstferien, die uns wenigstens ein paar schöne Tage an der Adria hätten bringen sollen.

So hörte ich meine Enkel und Urenkel klagen.

Herbstferien – ja, die gab es doch schon in meiner Schulzeit. Doch die Urlaubsziele meiner Nachkommen erreichten nur ihre Großväter. Sie waren Soldaten und führten dort Krieg. In der Heimat fehlten Millionen Männer und Frauen.

Mit meinen Klassenkameraden war ich damals in die Schule gekommen und wurde auf unsere Herbstferien vorbereitet. Die Klassenlehrerin nahm eine Liste zur Hand und las uns die Namen der Bäuerinnen vor, die dringend junge Leute für die Kartoffelernte brauchten. Als sie den Bauern Wolf nannte, streckte ich begeistert meine Arme hoch.

Nicht wegen der Aussicht, eine Woche lang Kartoffel klauben zu können. Nein. Mit dem Bauern Wolf hatte ich schon vor 2 Jahren Freundschaft geschlossen. Bevor er als Soldat zum Kriegseinsatz eingezogen worden war, hatte er mir beigebracht, mit seinem Ochsen umzugehen. Ich spannte diesen vor einen Wagen und konnte, ohne mich bücken zu müssen, die von den schon über Kreuzschmerzen Klagenden eingesammelten Kartoffeln heimfahren.

Was werden wohl die Nachkommen meiner Nachkommen einmal über einen Herbst ohne Corona und Krieg zu berichten haben?

# Manfred Wiedemann

Manfred Wiedemann, 1942 in Mertingen geboren, wohnt heute in Asbach-Bäumenheim und schrieb schon im Alter von 12 Jahren Gedichte. Sein Vater meinte, der Bub solle lieber etwas arbeiten, als so einen „Schmarren" zu schreiben. Damit war es mit dem Schreiben vorbei. Erst im Rentenalter begann er wieder damit. Inzwischen gibt es vier Bücher von ihm.

# Die Villa in Blankenese

Der Rest meiner Dienstzeit bei der Marine war abgelaufen. Dazu musste ich für die letzten Tage in eine Kaserne, wo die Sache abgewickelt wurde. Der Spieß dort, der mich nicht kannte, fragte ganz erstaunt: „Was, Sie werden auch schon entlassen?" Ich war noch nicht einmal zwanzig Jahre alt, denn ich wurde ja schon mit siebzehn eingezogen. Und dann wollte er wissen, warum ich immer noch Gefreiter sei.

Ich erzählte ihm die Geschichte meiner Disziplinarstrafe und, dass ich damals ein halbes Jahr Beförderungssperre bekommen hatte. Darauf meinte er, ich hätte dann doch vor einem halben Jahr befördert werden können. Ich erklärte ihm, ich legte darauf keinen gesteigerten Wert und ich würde um so etwas nicht betteln. Er befragte darauf die Stammdienststelle der Marine und kam freudig zu mir, um mir die mögliche sofortige Beförderung mitzuteilen. Auf meine Frage, ob dann auch der Mehrsold von acht Mark monatlich nachbezahlt würde, musste er das verneinen. Ich erklärte ihm darauf, ich würde auf die Beförderung verzichten. Und so kam es, dass ich wahrscheinlich der einzige Marinesoldat bin, der nach drei Jahren als Gefreiter entlassen wurde. Trotzdem war es eine schöne Zeit, die ich nicht missen möchte.

Nun aber suchte und fand ich Arbeit in Hamburg. Ich wohnte in St. Georg, ganz in der Nähe des Hauptbahnhofes. Meine Arbeitsstelle lag am Rande der Stadt in Großborstel. In der Zeitung hatte ich gelesen, dass es in Hamburg ein Abendgymnasium gab, das ich besuchen wollte; ich wollte ja vorwärtskommen. Deshalb meldete ich mich dort an und wurde gleich am ersten Abend leicht schockiert.

Der freundliche Schulleiter begrüßte uns etwa vierzig junge Leute mit den Worten: „Wenn zwei von euch das Abitur schaffen, so hat die Schule einen neuen Rekord zu verzeichnen."

Würde es einer schaffen, so wäre das wieder einmal ein schöner Erfolg für seine Schule – würde es aber keiner zum Abi bringen, so sei das auch keine Überraschung. Auf diese Weise ermutigt, sahen wir uns gegenseitig an und mein Banknachbar und ich waren sprachlos wie alle anderen auch. Wir beide verstanden uns von Anfang an recht gut und hatten uns auch bald angefreundet. Um die Sache etwas klar zu stellen, muss ich hier erzählen, dass man die Schule nur besuchen durfte, wenn man ein Arbeitsverhältnis in Vollzeit nachweisen konnte, denn die Schule war kostenlos. Aber davon will ich nicht weitererzählen, außer dass wir nach vierzehn Tagen nur noch zwölf Schüler waren.

Nun, ich sagte schon, dass ich mich mit meinem Banknachbarn angefreundet hatte und wir feststellten, dass wir beide nicht die ideale Wohnung besaßen und deshalb ständig nach einem anderen Zimmer suchten. Jeder versprach dem Freund, dass er, wenn er fündig geworden sei, es dem anderen sagen würde und womöglich sollte es eine gemeinsame Behausung sein.

Eines Tages kam Wilfried, so hieß mein Freund, freudestrahlend zum Unterricht und erzählte mir, er habe ein ganz tolles Zimmer gefunden. Leider sei es nicht möglich, dass wir beide dort wohnten. Natürlich wollte ich wissen, wo es denn diese Traumwohnung gebe, was sie koste und wie der Vermieter so sei. Er erklärte mir, es handle sich um eine Villa im vornehmen Stadtteil Blankenese, sein Vermieter sei eine alte, vornehme, alleinstehende Witwe, und er müsse monatlich vierzig Mark bezahlen. Außerdem könne er praktisch alles im Hause nutzen. Das Wohnzimmer mit Fernseher, das Bad und auch eine kleine Bibliothek, die im Hause sei. Am Sonntag dürfe er auch mit der Dame des Hauses frühstücken, denn ihr ginge es nicht um Geld; sie wolle nur nicht immer allein in dem großen Haus sein.

Nun, das hörte sich ja wie ein Lottogewinn an und ich bekniete Wilfried, dass er doch ein gutes Wort für mich bei der Dame einlegen solle, das Haus sei doch groß genug und wenn zwei junge Männer im Hause wären, wäre sie doch noch weniger allein als mit einem. Das solle er ihr klarmachen und wie gesagt halt ein gutes Wort für mich einlegen. Das versprach er auch. Leider war die Witwe nicht zu bewegen, einen zweiten „Zimmerherrn", so hieß das damals, aufzunehmen und ich musste mich damit neidvoll zufriedengeben.

Nach ein paar Wochen kam dann die Überraschung: Wilfried kam zum Unterricht und erklärte mir, dass er wieder ein Zimmer suche, er wäre über Nacht aus seiner Traumwohnung ausgezogen. Ich sagte ihm, dass ich an seinem Verstand zweifle, er sei doch ein intelligenter Junge, und er müsse mir schon erklären, was vorgefallen sei. Er meinte, ich wisse doch, dass er alle Freiheiten in dem Hause habe, wozu auch die Benutzung des Badezimmers gehöre. Dieser Baderaum sei nicht abschließbar, was ihm die Frau aber von Anfang an gesagt habe und er habe sich nichts dabei gedacht. Doch dann

90

geschah es: Nachdem er dieses Bad schon mehrfach benutzt habe, sei plötzlich die Tür aufgegangen und die
Alte sei nackt, wie Gott sie schuf, in den Raum gekommen. Und nun brauche er ein neues Zimmer.

Wir haben leider auch später keine gemeinsame
Wohnung gefunden und das Abendgymnasium haben
wir nach einem halben Jahr auch beide aufgegeben. Als
wir die Schule verließen, hatte die Klasse übrigens nur
noch drei Schüler. Ob von denen noch einer das Abitur
geschafft hat, ist mir leider nicht bekannt.

# Gertrud Hörr

Gertrud Hörr, wohnhaft in Eggelstetten, begann vor über 20 Jahren Geburtstagsgedichte zu schreiben. Später entschied sie sich, auch andere Gedanken niederzuschreiben, die ihr im Alltag durch den Kopf geisterten. Ihre Gedichte sind zum Teil in Mundart verfasst. Seit einiger Zeit schreibt sie auch Geschichten, meistens für Kinder. Seit 2019 ist Gertrud Hörr Mitglied im Autorenclub Donau-Ries. Ihre Bücher sind sowohl bei der Autorin als auch in der Buchhandlung in Rain und im Buchhaus Greno in Donauwörth zu erwerben.

# Schneckenfreundschaft

In einer lauen Nacht im Mai trafen sich zwei Schnecken an einem Gartenzaun. „Hallo, sei gegrüßt, ich bin Schleimi. Ich wohne hier in diesem schönen Gemüsegarten bei Familie Pfefferkorn", sprach die eine.

„Hallo, ich heiße Kriechi", stellte die andere sich vor. „Mein Zuhause ist hinter mir in diesem Gelände bei dem Gärtner Grünkraut. In meinem Zuhause habe ich viel Abwechslung. Ich kann mir jeden Tag eine andere Delikatesse zum Verkosten aussuchen. Hier muss ich nie Hunger haben!"

Schleimi betonte: „Bei mir ist es auch sehr schön! Du musst mich unbedingt mal besuchen. Dann zeige ich dir mein Reich." Gesagt, getan!

Drei Tage später kam Kriechi zu Schleimi zu Besuch. Sie stellte fest, dass so ein Bauerngarten eine ganz andere Speisekarte zu bieten hatte. Aber es gefiel ihr auch hier ganz gut. Sie erzählte ihrer neuen Freundin, dass das Gelände von den Grünkrauts so groß sei, dass sie es noch gar nicht ganz gesehen habe. „Da musst du mich auch mal besuchen", lud sie Schleimi ein. „Dann gehen wir auf Entdeckungsreise!"

Nach vielen Stunden auf dem Weg durch den Garten und mancher Kostprobe der jungen Pflänzchen verabschiedeten sich die beiden und Schleimi versprach, in der nächsten Woche bei der Freundin vorbeizuschauen. Sie meinte: „Bis dann sind die Gemüsepflänzchen auch nicht mehr so klein, aber noch fein zart."

Wie besprochen machte sich Schleimi wenige Tage später auf, um das Reich der Freundin zu entdecken. Als sie über die Grenze kam, wurde sie schon erwartet.

Aber nicht nur von Kriechi! Im Nachbargarten lebten auch eine Katze, ein Hund und ein Eichhörnchen, die die neue Schnecke neugierig beäugten. Aber davor brauchte sich Schleimi nicht zu fürchten, beruhigte sie Kriechi. Dann gab sie zu, dass sie durchaus ängstlich sei. „In meinem Revier wohnt nämlich auch Familie Igel. Die sind leise, gemein und wir stehen auf ihrem Speiseplan. Da muss man immer aufpassen, dass man nicht gefressen wird!", berichtete sie. „Zum Glück sind sie vor allem nachts aktiv!"

Anschließend erkundeten die Freundinnen die Umgebung. Kriechi verriet der Kameradin, dass auf der anderen Seite des Geländes ein Beet hergerichtet werde. „Wir wollen mal sehen, ob es dort heute noch junges Gemüse zu knabbern gibt", schlug sie vor. Auf dem Weg dorthin fanden sie noch so manches zarte Blättchen. Doch plötzlich blitzte die Sonne hinter den Wolken hervor und knallte unbarmherzig auf sie herunter. In der prallen Sonne können Schnecken schnell austrocknen. So schnell es ging, schlüpften beide unter ein großes Blatt und versteckten sich somit. „Glück gehabt," sagte die eine zur anderen. „Hier können wir ausruhen, bis es Abend wird, dann ziehen wir weiter." In der Dämmerung machten sich beide erneut auf den Weg. Und tatsächlich, am neuen Beet angekommen, fanden sie lauter junge Kopfsalatpflänzchen. Am Rand des Beetes hatte der Gärtner jedoch Sägemehl ausgestreut. Er hoffte, dass dies die unliebsamen Besucher aufhalten würde. Aber die jungen Pflänzchen waren zu verlockend. Also versuchten es die gefräßigen Tierchen, über die Barriere zu kommen. Ständig klebten ihnen Sägespäne am Körper. Nach einigen Mühen schafften sie es dann aber doch. „Jetzt nichts wie fressen! Am besten bis morgen früh", ermunterte Kriechi ihre Freundin. „Hierher kommen die Igel nicht", ergänzte sie.

Als morgens die Sonne aufging, hatten die beiden ihren Hunger gestillt. Sie krochen zu einem Schattenplatz, bevor es richtig heiß wurde. Kriechi schlug vor: „Wenn wir ein Stück weiter in den Garten ziehen, wachsen dort große Zucchinipflanzen. Da können wir uns dann erholen. Sich durch so ein Salatbeet durchzuknabbern, ist ganz schön anstrengend."

In der nächsten Nacht wollte Kriechi der Freundin noch den anderen Teil des Geländes zeigen, der auch viel Nahrung bot. Nach einem ruhigen Tag begaben sie sich am Abend wieder auf den Weg. Plötzlich spürten sie eine Gefahr, einen Schatten über sich. Und tatsächlich, da kreiste ein hungriger Star über ihnen, bereit, sich auf sie zu stürzen! Im selben Augenblick jedoch stürmte der Hund der Gärtnerfamilie in den Garten, laut bellend. Da erschrak der hungrige Star und flog davon. Welch ein Glück für die Freundinnen!

Nach diesem Schrecken krochen sie so schnell es ging unter die nächsten Pflanzen. Die schmeckten ihnen aber gar nicht. Als sie sich erholt hatten, zogen sie ein Stück weiter und entdeckten ein Beet mit jungen Trieben einer unbekannten Pflanze. Vorsichtig probierten sie und wurden sich einig, dass sie hier die Nacht verbringen wollten. Sie aßen sich wieder richtig satt und zogen dann in Richtung Gartenzaun. Am anderen Morgen, als die Sonne sich wieder zeigte, versteckten sie sich am Rand einer Hecke. Dort verbrachten sie noch den ganzen Tag und erzählten sich so manches Abenteuer, das sie erlebt hatten.

Am Abend verabschieden sie sich und Schleimi kletterte wieder über die Abgrenzung ins Reich der Familie Pfefferkorn. Zuvor aber verabredeten sie noch, dass sie sich den ganzen Sommer über alle zwei Wochen einmal am Zaun treffen und einen gemeinsamen Tag unter der Hecke verbringen wollten. Dort, so planten sie, würden sie sich alle Abenteuer erzählen und für immer Freundinnen bleiben.

# Herbsttag im Nebel

Als ich an jenem Morgen meinen Rollladen nach oben zog, begrüßte mich ein nebliger Herbsttag durchs Fenster. Unweigerlich wurde mir bewusst, dass der Sommer wohl endgültig der Vergangenheit angehörte. Trotzdem wollte ich mich nicht entmutigen lassen und war mir sicher, dass mir der Nebel den Tag nicht verderben könnte. Also machte ich mich auf den Weg ins Bad und anschließend in die Küche. Ach, wie freute ich mich auf einen frischen, duftenden Kaffee und eine Scheibe Brot, bestrichen mit dem erst kürzlich hergestellten Gelee aus verschiedenen Früchten!

Trotz des Nebels stand heute die Ernte der letzten Himbeeren und Brombeeren an. Auch Gemüse war noch reichlich zu holen. Außerdem wollten die Sträucher zurückgeschnitten werden. Also nichts wie an die Arbeit! Da entdeckte ich ein kunstvoll gewebtes Spinnennetz, welches eines der – auch von mir – oft ungeliebten Tierchen zwischen zwei Buchsbäumchen angebracht hatte. Bei diesem speziellen Anblick kam mir sofort das Dach des Olympiastadions in München in den Sinn. Sicherlich wurden damals die besten Architekten beauftragt, dieses eigenartige Dach dort zu entwerfen und mit viel Engagement auch kompliziert zu planen. Ich hielt inne. Wie einfach und doch hochintelligent unsere Natur vom Schöpfer durchdacht und gestaltet wurde und jedes Tier seine Aufgabe hatte!

Unwillkürlich sah ich vor meinem geistigen Auge die damaligen Konstrukteure in München vor einem solchen Spinnennetz stehen, das ihnen die Idee zu ihrem Entwurf geliefert haben musste. Als ich noch so vor mich hinträumte, holte mich ein leises Rascheln in die Wirklichkeit zurück. Mein erster Gedanke galt einer Maus. Zwar fürchte ich mich nicht vor diesen putzigen Nagern, aber ich möchte ungern mein Gemüse mit ihnen teilen. Fast regungslos ließ ich meinen Blick über den Garten gleiten. Doch es war keine Maus zu entdecken. Stattdessen flitzte ein Eichhörnchen geschäftig vom Nussbaum und sammelte sich offensichtlich Vorrat für den Winter. Es suchte den Weg unter einen Baum in Nachbars Garten. Gespannt wartete ich, ob es zurückkommen würde. Und tatsächlich, nach einer kleinen Weile sauste es wieder über den Zaun, den Nussbaum hinauf, verharrte einen Moment, um die Lage zu kontrollieren, und dann mit der nächsten Nuss in die gleiche Richtung wie zuvor zu verschwinden. Obwohl ich eigentlich selbst die reifen Nüsse einsammeln wollte, blieb ich noch einige Zeit auf meinem Beobachtungsposten und freute mich am Sammeleifer dieses possierlichen Tierchens. Schade nur, dass ich in diesem Moment keine Kamera zur Hand hatte. Die holte ich erst, als das geschäftige Eichhörnchen mit seiner Sammelleidenschaft offensichtlich fertig war und sich auf ein freies Gelände nebenan auf einen hohen Baum zurückgezogen hatte. Dort war sicher seine Behausung, denn wir hatten es schon öfter in diesem Bereich beobachten können.

Es war mir eine Freude, dass ich wenigstens das kunstvolle Spinnennetz als Foto festhalten konnte. Nach solchen Stunden der Entdeckung in meiner kleinen Welt, gepaart mit reicher Ernte an Beeren, Zucchini, Tomaten und Nüssen, welche noch zur Genüge für mich übriggeblieben waren, konnte ich mich rundum zufrieden fühlen. Mein Fazit dieses Herbsttages, der die Sonne geschickt hinter dem Nebel verbarg, lautete: Anstatt uns zu ärgern, dass die Sonne für unsere Augen manchmal unsichtbar ist, sollten wir uns darauf einlassen, die Reize eines solchen Tages zu entdecken, ihn zu genießen und uns daran zu freuen.

# Viktoria Raab

Viktoria Raab kam am 1.11.1944 in Schweinspoint zur Welt und lebt seither auf ihrem ehemaligen Bauernhof. Sie hält gerne in Gedichten und Kurzgeschichten ihre Gedanken und Erlebnisse fest, zum Teil auch in ihrer Mundart. Einige davon hat sie in zwei Büchlein veröffentlicht. Die Autorin liebt ihre Heimat und alles, was sie mit ihr verbindet. Das hat sie auch in ihrem 2010 verfasstem Heimatlied zum Ausdruck gebracht. Seit 2017 ist sie Mitglied im Autorenclub Donau-Ries.

# Was doch eine alte Ansichtskarte alles kann

Es gibt Kindheitserinnerungen, die mich bis heute tragen. Zum Beispiel diese: Als ich 1955 in die große Schulklasse zum Herrn Lehrer wechselte, war ich davon nicht begeistert, da dieser sehr streng und ungerecht war. Aber es brachte auch manche Vorteile mit sich, denn nun gehörten meine Klasse und ich zu den Großen. Jetzt durften wir in manchen Unterrichtsstunden zusammen mit den höheren Klassen arbeiten und das machte viel mehr Spaß. Ich erinnere mich noch gerne an die gemeinsamen Sing- und Spielstunden, aber auch an Heimat- und Erdkunde.

Da hing eine große Landkarte von Deutschland hinter der Tafel, auf der wir mit verbundenen Augen bedeutende Städte wie München, Augsburg, Nürnberg, Bonn oder Berlin finden mussten. Wenigstens die grobe Richtung war wichtig. Manchmal hingen auch Bilder von den Alpen an der Wand, diese liebte ich besonders. Mich faszinierten die hohen Berge mit ihren Seen und großen Bauernhöfen.

Auf den Wiesen grasten Kühe, am vorbeifließenden Bächlein stillten ein paar Rinder ihren Durst. Die Leute waren alle in Trachten gekleidet, was mir sehr gefiel. Ich schaute auch oft sehnsuchtsvoll das kleine Bildchen an, das hinter der Schultüre hing. Es war gerahmt und zeigte die Kirche von Heilig Blut und die hohen Berge dahinter. *Da möchte ich auch mal hin*, war mein heimlicher Wunsch.

Umso größer war meine Freude, als dann im Juli 1955 unser Schulausflug auf den Wendelstein geplant wurde. *Endlich darf ich mal in die Berge und sogar auf den*

*Gipfel fahren*, das konnte ich kaum glauben. Mit meiner Schwester sang ich zu Hause gerne alpenländische Volkslieder und Jodler, die wir im Radio hörten. Meine Tante, die Schneiderin, nähte mir auf mein Bitten hin sogar ein Dirndl.

In der Schule lernten wir einige Lieder von den Bergen, die meine Sehnsucht noch verstärkten. Im Unterricht zeigte uns der Lehrer auf der Landkarte die Fahrtroute und erklärte uns den Tagesablauf. Ich konnte es kaum erwarten, bis es endlich soweit war.

Mein neues Dirndl war fertig, dazu hatte meine Tante mir noch einen Stoffrucksack genäht und so ging es am 11. Juli 1955 in der Frühe los. Mit einem eigenartigen Gefühl stieg ich in den Bus. Dann sangen wir Lieder wie „Nun ade, du mein lieb Heimatland" oder „Wohl auf in Gottes schöne Welt", sodass wir abgelenkt waren und uns nicht langweilig wurde. Bald fuhren wir an München vorbei und weiter an den Tegernsee, wo wir eine kurze Pause einlegten. Beim Aussteigen konnte ich mir gar nicht sattsehen – *endlich in den Bergen, und sogar an einem See!*

Ein glückliches Gefühl überkam mich. Allzu bald ging es weiter, über enge Straßen und Schluchten in Serpentinen auf den Wendelstein hinauf. Als die Straße am Parkplatz endete, durften wir aussteigen. Aber wir waren ja noch nicht auf dem Gipfel. Wer ganz hinauf wollte, musste sich beim Herrn Lehrer melden. Ich war sofort dabei und wanderte mit ihm und einer kleinen Gruppe von Schülern den schmalen, steinigen Bergpfad entlang. Überwältigt von der wunderschönen Gegend und der herrlichen Aussicht stapfte ich tapfer hinter meinen Schulkameraden drein.

Blumen säumten unseren Weg, weiter unten grasten Kühe, genauso wie ich es von den Bildern in der Schule kannte. Der Wettergott hatte es gut mit uns gemeint und so kamen wir erhitzt von der Sonne am Wendelsteinhaus an. Nach kurzer Rast stiegen wir zum Bergkirchlein auf und genossen die Stimmung an diesem Ort. Der Herr Lehrer stimmte ein Lied an und wir sagen alle mit.

Ich war glückselig, so hoch droben in einem Kirchlein singen und beten zu dürfen. Draußen hatten wir einen herrlichen Ausblick weit über viele Berggipfel hinweg in den Süden. Nach Norden hin erstreckten sich weites, hügeliges Flachland und einige verstreut liegende Dörfer und Seen. Von da oben wirkte alles winzig klein und weit weg.

Bis hinauf zur Wetterstation mussten wir noch ein Stück des Wegs zurücklegen und dort wurde ein Gruppenfoto zur Erinnerung an diese Bergbesteigung aufgenommen. Nach einer Picknick-Pause ging es zum Bus zurück. Auf den Weg dorthin nahm ich mir einen kleinen Stein mit, er sollte mich lange an meine erste Bergtour erinnern.

Vor der Abfahrt durften wir uns noch am Kiosk ein Andenken kaufen. Leider reichte mein Geld nur für eine Ansichtskarte, aber immerhin war auf dieser unter einer Lasche ein echtes Edelweiß versteckt. *Damit werde ich zu Hause zeigen, dass ich mit elf Jahren schon so hoch auf einem Berg war,* nahm ich mir vor.

Den Stein und die Ansichtskarte mit rückwärtiger Aufschrift – wann, wo und wie – bewahrte ich lange in einer kleinen Schachtel bei meinen wichtigen Habseligkeiten auf. Mit der Zeit füllte sich diese Schachtel. Als ich kürzlich unter einem Stoß Ansichtskarten die vom Wendelstein wiederfand, brachte sie mir diese schöne Erinnerung zurück.

# Katrin Ott

Katrin Ott, geboren in Damme, Niedersachsen, seit 1999 in Reimlingen wohnhaft, ist Wanderführerin, Kindergeburtstaggestalterin und hat den Wanderführer: „Erlebnispfade im Ries" geschrieben. Katrin Ott liebt es, in der Natur unterwegs zu sein, und kennt sich mit den Tieren auf den Feldern und im Wald gut aus. Sie kann Kindern wie Erwachsenen viele Tiere zeigen und ihre Eigenarten erklären.

# Rätselgeschichte
## Servus miteinander. Darf ich mich vorstellen? Ich heiße Fritzi. Einfach

Ich stelle euch heute ein Rätsel. So wie „Wer bin ich?", das kennen noch die Erwachsenen oder Senioren. Meinen Wohnwagen habe ich immer dabei. Ich reise durchs ganze Land und bin jedem bekannt. Meine Verwandtschaft ist bei Kindern sehr beliebt, bei euch Erwachsenen gibt es nur wenige Fans von uns. Tja, das liegt wohl an unserem unbändigen Appetit auf Gemüse, das vorwiegend in euren Gärten wächst. Das Gemüse duftet so lecker, dass auch ich mich leider nicht zurückhalten kann. Meine Raspelzunge futtert alles weg, was mir vor die Augen kommt.

Euch Menschen beeindruckt das wohl wenig. Ja, viele von euch hassen uns sogar! Die sind dann ganz schön brutal. Sie trachten uns mit allerlei gefährlichen Dingen nach dem Leben.

Letztens hatte ich allerdings echt Glück! Ich war mit meinem Kumpel mal wieder schleichend unterwegs, als eine alte Frau uns sah. Sie sagte: „Ene, meene mu und raus bist du." Dann nahm sie mich hoch und ich flog durch die Luft in den Nachbargarten. Ich wartete eine Weile. Mein Kumpel hatte weniger Glück. War wohl wegen seines Wohnwagens. Der hatte kein so schönes Design. Sein Schrei klingt mir heute noch in den Ohren. Der hat's nicht überlebt.

Eigentlich war mein Flug aber auch ganz cool, denn in kürzester Zeit hatte ich eine große Strecke zurückgelegt, die für mich sonst sehr lange dauert und oft mühsam ist. Denn ich habe ja keine Füße wie ihr, sondern nur eine Kriechsohle.

Sonniges Wetter mag ich nicht so gerne, da zieh ich mich lieber zurück in meinen Wohnwagen, den ich immer dabeihabe, und verschließe die Tür. Mir gefällt's besser, wenn es regnet. Ich bin ein Schlechtwetter-Typ. Aber ich hab ja immer alles dabei. Wenn die Sonne wieder weg ist, komm ich raus und genieße das saftige Grün.

Eigentlich bin ich auch ganz nützlich, aber das habt ihr noch nicht begriffen! Ich bin die Müllabfuhr der Gehwege, Terrassen, Wiesen und Wälder. Ich räume alles auf, was liegen bleibt und lecker duftet.

Hin und wieder, wenn ich besonders hungrig bin, kann ich auch mal kannibalistisch sein, dann ich fresse meine Kumpel auf – kommt aber ganz selten vor. Ich versprech's hoch und heilig.

Aber sonst fresse ich, was so im Weg liegt. Da bin ich eigentlich nicht wählerisch: Birnen und Äpfel, die im Gras liegen, tote Insekten und was ihr so auf dem Weg in die Schule oder unter der Terrasse liegen lasst, räume ich gerne für euch auf.

So nun bin ich gespannt, ob ihr wisst, wer ich bin!

**Wenn ihr noch mehr von Fritzi und seinen Freunden hören und sehen möchtet, meldet euch bei: Katrin Ott, katrin.ott222@gmail.com Tel.: 09081/271331, Handy: 0160 - 859 3 849**

# Eckstein, Eckstein…

Den Herbst habe ich als Kind besonders geliebt. Ich wohnte in einem Haus im Wald und die Blätter rundherum färbten sich gelb, orange, rot bis braun. Die Sonnenstunden wurden immer kürzer und abends war es schon früh dunkel.

Das war unsere Zeit für Verstecken im Dunkeln. An einem niedrigen Stromkasten (der Pott, so nannten wir ihn) wurde gezählt. Ich war mit dem Zählen dran: „1,2,3, …, 30. Eckstein, Eckstein, alles muss versteckt sein, hinter mir, vor mir, links und rechts, beide Seiten gibt es nicht. Ich komme!"

Dann schaute ich mich um. Nur langsam gewöhnten sich meine Augen an die Dunkelheit. Dirk, Marc, Britta und Hendrik musste ich suchen. Erst checkte ich die nahen Büsche hinter dem Pott. Hier war keiner. Ein Grundstück mit einem niedrigen Zaun grenzte an unseren „Spielplatz". Vorsichtig stieg ich mit einem Bein über den Zaun und trat auf etwas Weiches. Ich drückte mit meinem Fuß fester auf, um besser Halt zu bekommen. Ein Schrei ertönte unter mir und vor Schreck kippte ich nach hinten. Ehe ich mich versah, sprang Marc, der am Boden gelegen hatte, auf, lief zum Pott und rief: „Marc frei!"

Lachend rappelte ich mich auf und suchte weiter. Gott sei Dank hatten sich die anderen drei bei Marcs Aufschrei auch nicht zurückhalten können. So konnte ich wenigstens erahnen, wo sie wohl versteckt waren. Mutig suchte ich weiter. Ich überquerte den Weg und sah mir die erste Baumreihe an. Es war an der Zeit, die

Bäume genau zu beobachten und auf jedes kleinste Geräusch zu hören. Einer der Äste einer Fichte schaukelte verdächtig. Ich schaute hinauf. Auf dem Baum saß Dirk und fluchte, als ich ihn entdeckt hatte. Flink drehte ich mich um und lief zurück zum Pott: „Einschlag Dirk". Jetzt war ich wenigstens sicher, dass ich in der folgenden Spielrunde nicht suchen musste. Denn wer in einer Spielrunde mindestens ein Kind findet, darf sich in der nächsten Runde selbst verstecken. Wenn er niemanden findet, muss er in der folgenden Runde nochmal zählen und suchen.

Während Dirk vom Baum kletterte und sich neben Marc setzte, suchte ich weiter. Etwas weiter im Wald hing an großen Ästen einer Eiche eine Schaukel, deren Scharniere verdächtig quietschten. Vorsichtig schlich ich mich durch die erste Baumreihe heran. Britta und Hendrik machten es mir wirklich schwer. Abwechselnd saßen sie auf der Schaukel und schwangen hin und her, um sich dann rechtzeig, bevor ich sie sah, in Sicherheit hinter einem Baum zu bringen. Nun war es an mir, den richtigen Augenblick abzupassen. Schleichend näherte ich mich der Schaukel, bis ich nah genug war, um zu erkennen, dass es Britta war, die sich gerade auf die Schaukel setzte und mich entsetzt anblickte. „Hab dich", rief ich und lief, so schnell ich konnte, zum Pott zurück. „Einschlag Britta!" Ich hörte sie noch hinter mir keuchen, als ich mit meiner Hand auf dem Pott aufschlug. Ihr „Frei" kam eine Sekunde zu spät und Britta setzte sich schwer atmend zu den Jungs.

Hendrik dagegen hatte die Situation genutzt und den Wald gleichzeitig mit uns durchquert. Er war über den Weg gelaufen und hatte sich nun hinter den Büschen am Pott versteckt. Während ich mich wieder auf den Weg zur Schaukel machte, klopfte er auf den Pott und brüllte vergnügt: „Hendrik frei." Eine neue Runde begann, in der auch ich mich verstecken konnte und Dirk zählen musste.

Ich liebte diese Stunden, bis wir von unseren Eltern ins Haus gerufen wurden, weil es Zeit war, ins Bett zu gehen. Noch in der gleichen Nacht hörte im Traum Marcs Schrei und musste schmunzeln.

Bis zum vorletzten Jahr habe ich mit meinen eigenen Kindern diese Art des Versteckens im Dunkeln gespielt. Jetzt glauben sie, zu alt dafür zu sein. Doch für dieses Spiel ist man nie zu alt!

# Hannelore Seidel

Hannelore Seidel wurde 1953 in Öhringen/Baden Württemberg geboren. Seit 2018 wohnhaft in Donauwörth, schreibt sie vorwiegend lyrische Gedichte und Kurzgeschichten. Schon in jungen Jahren, inspiriert vor allem durch die Natur, begann sie ihre Beobachtungen zu malen und niederzuschreiben. Inzwischen hat sie vier Bücher veröffentlicht.

# Jugendwahn

Wie ist das denn so mit dem Altwerden, tut es weh, ist es eine Krankheit? Ist das Altwerden verpönt, nicht ansehnlich, unmodern und altmodisch? Muss sich heutzutage derjenige schämen, der alt wird? Darf er sich nicht mehr zeigen, wenn er von seinem Leben schon gezeichnet ist? Oder wenn sein Leben Spuren hinterlassen hat?

Jede Falte, die er sich angelacht oder eingeweint hat, zeigt etwas von seiner Lebensgeschichte. Das Leben hat dem Körper seine Geschichte eingeprägt, konnte Spuren hinterlassen. Eine lange Geschichte lässt sich an jedem Körper ablesen. Früher war es eine Ehre, alt zu werden, denn in jedem betagten Menschen steckt so viel Lebenserfahrung und Lebensweisheit, so viel Reife, die man auch gerne zeigen darf. Aber die Welt ist eine andere geworden, heutzutage haben wir andere Themen. Altwerden ist unmodern geworden, wir dürfen unser Alter nicht mehr zeigen. Wir können auch nicht mehr von unserer tiefen Lebensweisheit erzählen, das findet keinen Platz mehr, denn in der heutigen Zeit geht es darum, welche die beste Schönheitsklinik ist, wer die Haut wieder glatt wie bei einer Puppe macht.

Wer ist der beste Zahnchirurg für ein weißes Hollywood-Lächeln? Wer saugt das Fett ab, wer strafft Po und Brust? Man wird fast nicht mehr Herr über so viele Angebote. Man hat keine Zeit mehr für … sein Selbst, denn der ganze Körper muss ja dauerhaft jung gestaltet werden. So ein Stress! Noch dazu in diesem Alter. Jeden Tag einen anderen Termin!

Hoffentlich kommt nicht ein schmerzliches Zipper-
lein, denn morgen geht es in die Schönheitsklinik.
Schnell noch den Koffer packen, oh Jammer, was
nehme ich denn da alles mit? Ich muss ja gut aussehen!
Schnell noch in die Boutique, die Zeit drängt. Ups, was
ist das denn, jetzt ja keinen Hexenschuss … der Rücken
tut so weh! Zähne zusammenbeißen und schnell los, es
muss noch etwas Schickes gekauft werden. Die Opera-
tion muss sein, in zwei Wochen ist Klassentreffen und
alt sein, das geht dort überhaupt nicht. Jugend ist gefragt. Faltig darf niemand aussehen, das war früher einmal. Es wäre ja peinlich, wenn die anderen sagten: „Die
sieht aber alt aus, die ist ja von früher." Es ist ein Wettbewerb, wer am Jüngsten aussieht. Nur darum geht es.
Nicht, was wir in unserem Leben an Weisheit gesammelt haben. Das ist für viele kein Thema mehr. Ge-
stylte, aufgehübschte Körper, innen mögen sie uralt
und leer sein.

Nun aber mal Stopp! Dort drüben, im Lehnstuhl,
schaukelt eine alte Frau, die so aussieht, wie das Leben
sie gezeichnet hat. Ruhig und zufrieden wirkt sie, mit
einem wunderschönen Lächeln und tiefgründigen, ruhigen, warmen Augen, die zugleich nach innen und
nach außen blicken. Eine Geschichte strahlt sie aus, ihre
Geschichte, denn sie ist der Mensch, der sie wirklich ist.
Nichts verfälscht, nichts verstellt, keine Maske, nur rei-
nes, lebendiges Sein. Zufrieden mit sich und der Welt,
zufrieden mit ihrem Alter. Auf ihrem Schoß sitzt ein
kleines blondes Mädchen, die Hand der alten Frau streichelt zart über das Köpfchen des Kindes. Liebevolle
Worte haucht sie. Voll Ruhe und Güte sitzt sie da, mit
ihrem Lächeln, das so tief berührend und einfach nur

bezaubernd ist. Das kleine Mädchen schaut wie gebannt in die sprechenden Augen der alten Frau, die so viel vom Leben erzählen.

Eine stille, geheimnisvolle Berührung umhüllt nun beide. Mit sanfter Stimme flüstert die würdige Dame: „Mein liebes Kind, du bist noch so frisch, so schön am Erblühen. Ich bin alt, doch in mir ist etwas erblüht, das niemand verschönern könnte. Auch nicht der beste Schönheitschirurg. Es ist wie eine brillante Blume, die niemals verwelkt, auch wenn der Körper am Welken ist. So bleibt doch der wertvolle Schatz, der durch meine Lebenserfahrung gewachsen ist, in mir. Und das trage ich in Würde nach außen, in blühender Lebendigkeit, so wie das Leben ist. Ich bin stolz auf mein Alter und darf mein Alter zeigen. Denn das ist Leben!

Nicht wie irgendwelche aufgespritzten Puppen, die wie Marionetten und innen schon lange tot sind. Was nutzt der äußere Glanz der Schönheit, wenn die innere Blüte vermodert ist? Wenn du das begriffen hast, mein liebes Kind, so wirst du nie alt werden, denn du hast Zeit für die wahrlich schönen Dinge dieser Welt. Du wirst nicht den Stress haben, dem Jugendwahn hinter-herzulaufen. Du wirst die Kraft haben, in deiner Seele ewig jung zu bleiben. Du siehst die wahren, schönen Dinge, lässt dich nicht von oberflächlichem Glanz be-tören, der innen steif und leblos ist. Ich glaube und fühle, mein liebes Kind, du sitzt gerne auf meinem Schoß, denn in der Tiefe berühren wir uns sehr. In die-ser Tiefe sind wir eine Blüte, da ist es unwichtig, wie alt wir sind. Ein Verstehen, das über die Worte hinausgeht, dies wirst du nie mehr vergessen."

# Uwe Roschmann

Uwe Roschmann, Jahrgang 1963, übte bereits 25 Berufe aus, war lange Polizeibeamter, Pastor, Qualitätsmanager, Personalentwickler, Gemeindereferent und Coach, zuletzt auch Kabarettist. Uwe Roschmann lebt mit seiner Frau in Augsburg. Im Mai wurde er Mitglied im Autorenclub Donau-Ries, gerade erschien sein erstes Buch, „Von Alltagshelden bis Zwiderwurzn", eine Typologie der Besonderlinge (BoD 2020, EUR 11,80).

# Menschen im Jahr 2400

Schreck, lass nach! Was ist mit meinen Fingern passiert? Der Zeigefinger ist fünf Zentimeter länger als die anderen Finger und der Daumen doppelt so dick. Aber nur bei der rechten Hand und nicht bei der linken. Und in der Hand habe ich ein hauchdünnes Smartphone. Wow! Die Bedienung geht ja viel schneller mit dem neuen Zeigefinger und Daumen!

Als ich mich noch über diese körperliche Veränderung wunderte, entdeckte ich mich im Spiegel.

„Oh, nein! Meine Augen sind ja riesig. So groß wie Orangen!" Ich drehte meinen Kopf zur Seite und schaute aus dem Fenster. „Ui, ich kann nicht nur die Ameisen im Garten des Nachbarn sehen, sondern auch die zahlreichen Insekten in der Luft! Ja, super! Ich bin ein perfekter visueller Mensch." Dann schaute ich wieder in den Spiegel und stellte fest, dass die Ohren etwas kleiner geworden waren und die Stirn deutlich niedriger. „Die Kopfform kommt mir irgendwie bekannt vor", sinnierte ich. „Mal überlegen …" Nach einer halben Stunde hatte ich die Lösung. „Ein Schimpanse! Ja, genau. So sieht ein Schimpanse aus."

Anschließend entdeckte ich das Datum auf dem Smartphone. Montag, der 24. Juli 2400! Jetzt geriet ich völlig aus dem Häuschen. „Was ist mir widerfahren? Ein Albtraum?" Ich zwickte mich fest in den linken Unterarm. „Autsch! Das tut weh! Wenn ich aber nicht träume, was ist dann los? Bin ich von Außerirdischen entführt worden? Haben die Aliens grausame Experimente mit mir gemacht? Und jetzt überlassen sie mich zuhause wieder meinem Schicksal?"

Ich erinnerte mich an eine verrückte Geschichte. Anfang Oktober war es zu einer Hysterie gekommen. Im All war ein rätselhaftes Objekt entdeckt worden – auch UFO genannt. Aufgrund der Flugbahn konnte man die Zielkoordinaten berechnen. Eindeutig und ohne jeden Zweifel: Das UFO hatte als Ziel die Oktoberfestwiese in München auserkoren. Was wollten die Außerirdischen? Eine Runde mit dem Riesenrad drehen? Oder sämtliches Bier vom größten Volksfest der Welt ins Raumschiff beamen und sich anschließend aus dem Staub machen? Das Ganze entpuppte sich dann als Gag eines milliardenschweren Scheichs, der Fan des Oktoberfestes ist und einen seiner ausgedienten Satelliten als Ufo benutzt hatte. Kurz vor dem errechneten Landedatum ließ er den Satelliten in einer Wüste abstürzen. Ich schüttelte den Kopf. „Also, wenn es keine Außerirdischen gibt: Was ist dann geschehen?"

Plötzlich hatte ich eine Idee. „Ich bin auf einer Zeitreise. Ja! Ich bin in die Zukunft katapultiert worden. Moment! Wie sollte sich das zugetragen haben? Ich habe keine Zeitmaschine gebaut und war in keinem Labor von Astrophysikern."

Nach des Rätsels Lösung suchend, ging ich im Zimmer auf und ab. Kurze Zeit später hielt ich abrupt inne und schrie: „Ich bin verrückt geworden. Das muss es sein. Ich bin schizoid!" Erst kürzlich hatte ich einen Freund in einer Klinik besucht. Der arme Kerl hatte einen massiven Schub von Schizophrenie und erkannte selbst eine Semmel nicht mehr, die man ihm vorgesetzt hatte. Vielleicht hatte ich mich angesteckt? Aber nein. Ich schlug mir mit der flachen Hand auf die Stirn und rief: „Was für ein Blödsinn! Es gibt doch keine Schizo-Bakterien!"

Verzweifelt nahm ich mein Smartphone und fand heraus, dass man den Bildschirm in die Länge und Breite ziehen konnte. Das machte Spaß und lenkte mich ab. Bald war das Smartphone größer als ein Tablet. Dann fast so riesig wie ein Fernseher. Kaum hatte ich die maximale Größe erreicht, schaltete sich ein Programm ein. Vermutlich Nachrichten, denn aus dem Gerät tönte es wie folgt: „Erneut hat die Polizei im Park Dutzende Menschen einfangen müssen. Völlig unkontrolliert hüpften sie wild im Kreis und versuchten auf die Bäume zu springen. Die Polizei warnt: Besonders sensible Menschen sollten auf keinen Fall die Sendungen ‚Promis unter Palmen' und ‚Das Dschungelcamp' anschauen." Die gab es also immer noch! Und offensichtlich animierten sie nun die Menschen dazu, überall ihre Dschungel zu suchen. Verdutzt über diese Meldung suchte ich ein weiteres Programm. „Hi Tarzan. Wir brauchen dich. Die Eingeborenen sind in Gefahr." Ein Muskelprotz, wie ihn die Welt noch nicht gesehen hatte, nickte und rief: „Cool! Hole meinen Freund Arnie!" Dann schwang er sich mit lauten Rufen von Baum zu Baum und verschwand.

„Ist das ein Actionfilm im Jahr 2400?" Ich kam aus dem Staunen nicht raus.

Sodann poppte eine Meldung auf. Das Ministerium „Gegen Dummheit und Degeneration" suchte dringend Menschen mit einem IQ von mindestens 90, um in Seniorenheimen den alten Menschen Geschichten vorzulesen. Im Anschluss folgten weitere Suchmeldungen, wobei der IQ immer niedriger wurde. Menschen mit einem IQ zwischen 74 und 78, die das Fahrradfahren nicht verlernt hatten, wurden als Kuriere des Ministeriums gesucht. Also so hatte ich mir die Zukunft nicht vorgestellt! Ich war in den 60er Jahren groß geworden und hatte lange gedacht, wenn das Jahr 2000 käme, dann gäbe es keine Autos mehr, sondern einzig fliegende Untertassen. Falsch gedacht! Selbst im Jahr 2020 waren die benzin- und dieselstinkenden Autos weit verbreitet. Und jetzt war ich im Jahr 2400 gelandet und die Menschen waren mit Fahrrädern unterwegs?

Bevor ich das Smartphone ausschaltete, entdeckte ich eine Werbesendung für Roboterhunde und -katzen. Je nach Modell würden diese Tierchen mit ihren Besitzern Gassi gehen und sie immer sicher nach Hause bringen, hieß es. Als Bonus könne man die Frisur angleichen. Beispiel: Herrchen oder Frauchen im Afrolook wie ein Königspudel. „So, jetzt will ich es aber wissen!", schrie ich. „Wenn das kein Traum ist, keine Entführung von Außerirdischen, keine Zeit- oder Traumreise und kein Anfall von Schizophrenie – was ist die Lösung?"

Ganz einfach. Du bist eine Kreation eines Schriftstellers mit viel Phantasie.

# Klaus Funk

Claus Funk, wohnhaft in Unterglauheim, verheiratet, 2 Kinder. Meine Hobbys sind Schreiben, Malen und Fotografieren. Neben Kurzgeschichten schreibe ich auch Novellen und Romane, auch nach Tatsachen. Seit wenigen Monaten bin ich Mitglied im Autorenclub Donau-Ries. Bisher erschienen von mir die Bücher:

Das Lied der Bäume
Und über mir der Himmel
Der verwundete Engel
Inanimatum - des Spielmanns Lied,
alle im Hess Verlag.

# Das Mädchen auf der Burg

Mühsam war der Aufstieg. Die Hitze der Sonne ließ Schweißperlen über mein Gesicht rinnen. Sie brannten in den Augen, mein Hemd war nass geworden. Ich fühlte mich wie eine lebende Dampfmaschine. Stechmücken und Bremsen umschwirrten mich, ihr Opfer. Doch schließlich war es Sommer! Außerdem lockte auf der Anhöhe ein lohnendes Ziel – eine Burgruine.

Während des Aufstieges schweiften meine Gedanken ab und verloren sich in Erinnerungen an eine längst vergangene Zeit. *Was muss das früher für eine Plage gewesen sein, diesen beschwerlichen Weg zu Fuß gehen zu müssen, in Eisen und Leder gekleidet, mit Schild und Speer, bei unerträglicher Hitze oder bei klirrender Kälte?* Als ich fast oben angekommen und den Steinen der äußeren Mauern zum Greifen nahe war, hob sich meine Stimmung zusehends, genauso wie mein Brustkorb und meine Lunge, denn ich musste verschnaufen.

Wenn nur nicht diese drückende Schwüle gewesen wäre! Besorgt blickte ich zwischen den Bäumen nach oben und machte mir Gedanken über die Wolken, welche nicht immer weiß am Himmel dahinzogen. Sollte sich da vielleicht etwas zusammenbrauen? *Ach nein*, beruhigte ich mich innerlich. *Wird schon trocken bleiben.*

Ich schien an diesem Tag der einzige Besucher des alten Gemäuers zu sein. Ich konnte keine Menschenseele entdecken. Das war mir sehr lieb. Meine Augen streiften umher und liebkosten die alten Steine wie gute Bekannte. Dicht vor mir ragte ein runder Turm auf, welcher in einem sechskantigen Aufbau mit Zinnen endete. Vermutlich ein angebauter Geschützturm aus dem sechzehnten Jahrhundert. Viele der Burgen waren ja den immer moderner werdenden Waffen angepasst worden, um die Wehrhaftigkeit wenigstens einigermaßen erhalten zu können.

Nicht weit entfernt entdeckte ich einen steilen Abhang. Zur Sicherheit der Besucher war ein hölzernes Geländer angebracht worden. Neugierig lief ich dorthin und vor mir tat sich eine herrliche Aussicht auf.

Dann drehte ich mich wieder um und blickte auf die Ruine, welche in der Hitze des Sommertages zwischen Bäumen, Sträuchern und zahllosen Brennnesseln dahindämmerte. Ein langgestreckter flacher Stein geriet in mein Blickfeld. Ich war rechtschaffen müde, legte mich darauf und streckte wohlig die Beine aus. Meinen kleinen Rucksack schob ich unter den Kopf. Um mich herum Stille. Nur ein paar Grillen ließen ihr endloses Konzert ertönen. Sanft schaukelten Schmetterlinge umher, ließen sich auf Disteln und Blumen nieder. Mir fielen fast die Augen zu und die Hitze des Sommertages tat ein Übriges.

*Warum nicht ein paar Minuten ausruhen?* Mein Blick wanderte schläfrig nach oben, den Turm hinauf bis zum letzten Fenster, im gotischen Stil erbaut und mit einem eisernen Gitter gesichert. Da – ein Mädchen! Unmöglich. Doch – da war etwas. Schlagartig und hellwach richtete ich mich auf. Ja – zwischen den Gitterstäben blitzte das jugendliche Gesicht eines Mädchens auf, verträumt lächelnd, zu mir herunterblickend. Ich schirmte meine Augen vor der Sonne ab und sah gebannt nach oben, fasziniert von dem Anblick, welcher sich förmlich in mein Herz bohrte. Da hörte ich einen Donner aus der Ferne anrollen und sah erschrocken umher. Ein Blick auf meine Armbanduhr eröffnete mir, dass ich hier Stunden gelegen sein musste. „Sie sollten sich jetzt besser auf den Weg machen", drang eine leise Stimme in mein Ohr. Ich drehte meinen Kopf in die Richtung, aus der sie kam. Am Geländer stand nun das junge Mädchen von vorhin, sommerlich gekleidet und bildhübsch anzusehen. „Es zieht ein Gewitter auf. Sputen Sie sich, junger Mann, sonst werden Sie noch nass! Sehen Sie mal", sagte sie, und ihr Arm deutete nach oben, während mich ihre Augen anlächelten. Ich folgte ihrem Fingerzeig und erschrak. Der Himmel hatte sich weiter verdunkelt. Das war mir jedoch in diesem Augenblick egal. Gerne hätte ich mich mit diesem bezaubernden Geschöpf noch länger unterhalten und richtete meinen Blick wieder zum Geländer hin. Verblüfft und unsicher schweiften meine Augen umher – nichts.

Ich war allein. Wo war das Mädchen? Verwirrt nahm ich meine Kappe ab und strich mir über die Stirn. Erneut krachte es laut und ein heftiger Windstoß fegte kurz durch die Ruine der Burg. Gebannt bohrte sich mein Blick förmlich in das Geländer. Ich stand auf und ging unsicher in Richtung Abgrund, blickte umher, drehte und wendete mich. Da war niemand außer mir.

Plötzlich ging mir ein seltsamer Gedanke durch den Kopf und mein Blick richtete sich wieder auf das Fenster hoch oben am Ende des Turmes. Das Mädchen am Geländer! Es waren dieselben Augen, das gleiche verträumte Lächeln. Träumte ich immer noch einen Traum?

# Robert Mährle

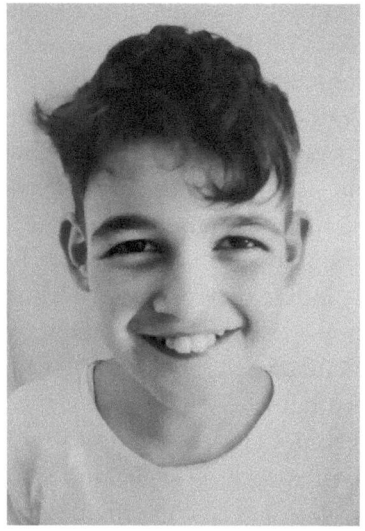

Robert Mährle belegte beim Wettbewerb mit seiner Geschichte den 1. Platz. Er ist zehn Jahre alt, wohnt in Schwörsheim und besucht die vierte Klasse der Grundschule in Megesheim. Seine Hobbies sind: Lesen, Fahrrad fahren und Gitarre spielen. Die 3 ??? sind seine Lieblingsbuchreihe.

# Reise zwischen den Welten

Es war ein sehr schöner Tag. Fröhlich zwitscherten die Vögel in den Bäumen. Ich und meine Familie wollten einen Waldspaziergang machen. Am Anfang des Waldes warnte mich meine Mutter, ich solle nicht so weit weglaufen. Ich nickte, dachte aber im Geheimen: „Was soll denn da groß passieren?" Also schlich ich mich weg von meiner Familie, tiefer und tiefer ins Unterholz hinein. Immer weiter bahnte ich mir einen Weg ins Innere des Waldes, bis ich zu einer Höhle kam. Mutig ging ich in die Höhle hinein. Wasser tropfte von der Höhlendecke herab. Die Seiten waren mit seltsamen Zeichen bemalt.

Plötzlich ertönte ein lautes Wimmern. Perplex wich ich einen Schritt zurück. Wie gelähmt stand ich da. Wo kam das her? Hier war doch niemand außer mir. Oder doch? „Vielleicht bilde ich mir das auch nur ein", dachte ich nach. Ängstlich ging ich weiter. Als ich auf den Boden schaute, erstarrte ich. Vor mir gähnte ein riesiges Loch, das umgeben von Schleim war. Ich beugte mich darüber, um zu sehen, ob da etwas unten war. Plötzlich legte sich eine schwere Hand um meinen Nacken. Dann ging alles ganz schnell: Er schubste mich. Ich fiel. Es waren ungefähr drei Meter. Schreiend stürzte ich weiter und weiter. Meine Gedanken überschlugen sich. „Wem gehörte diese Hand? War es überhaupt ein Mensch?", dachte ich bei mir. Mit diesen Gedanken fiel ich eine gefühlte Ewigkeit in die Tiefe, bis ich mit einem harten Aufprall auf einem Steinboden landete. Meine Knie schmerzten. Ich betastete sie vorsichtig. Erleichtert stellte ich fest, dass nichts gebrochen war. Benommen richtete ich mich auf. „Wo bin ich?", dachte ich. Auch hier befand sich eine Höhle. Ich nahm meinen ganzen Mut zusammen und näherte mich der Öffnung. Das Sonnenlicht biss in meinen Augen.

Nur verschwommen konnte ich die zwei Gestalten erkennen, die auf mich zugerannt kamen. Sie schrien etwas, doch ich konnte es nicht hören, weil sie noch zu weit weg waren. Als die beiden da waren, konnte ich erkennen, dass sie nicht nur zwei, sondern sechs Augen hatten. Erschrocken wich ich zurück. Jetzt konnte ich verstehen, was sie sagten.

„Bleib hier, du Dieb, jetzt haben wir dich. Gib die Juwelen her, die du gestohlen hast."

Verwirrt blieb ich stehen. Dann traute ich mich zu sagen: „Was meint ihr? Ich habe nichts gestohlen. Wer seid ihr überhaupt?"

„Das geht dich gar nichts an, du Verbrecher", gaben sie zurück.

„Ich habe nichts gestohlen. Sie verwechseln mich mit jemandem", rief ich empört zurück.

„Wir haben dich mit jemandem verwechselt, dass ich nicht lache", spottete der eine. Der andere warf ein: „Wir durchsuchen ihn!" Doch die beiden fanden nichts. Trotzdem glaubten sie mir nicht. „Aber du musste es gewesen sein. Kein anderer kennt den Geheimgang", sagten die beiden.

Ich widersprach: „Nein, noch ein anderer kennt ihn."

„Wer?", fragten sie verwundert.

„Ja der, dem die Hand gehört", platzte es aus mir heraus.

Die Monster antworteten: „Jetzt verstehen wir gar nichts mehr."

So erzählte ich, was ich erlebt hatte. Jetzt verstanden die Wesen. „Was für Juwelen eigentlich?", fragte ich nun. Sie erzählten, dass es wertvolle Juwelen waren, die sie von Generation zu Generation weitergeben. Ich verstand. „Ich bringe euch die Juwelen zurück", entschloss ich mich. Aber wir brauchen einen Plan. Wir besprachen, was wir tun wollten. Dann stieg ich an einer Leiter wieder in unsere Welt. Draußen seufzte ich: „Zum Glück sind die beiden wertvollsten Juwelen nicht weg, die sich in der Grabkammer befinden." Im Anschluss ging ich in die Höhle und versteckte mich. Ich musste nicht lange warten, dann hörte ich Schritte. Ein Mann von mittlerer Statur kam vorbei. Er ging auf das Loch zu und stieg hinunter. Da stieg ich aus meinem Versteck und schubste ihn. Er fiel. Ich hörte einen dumpfen Aufprall, gefolgt von einem Schrei.

Als ich hinunterschaute, sah ich ein lachendes Gesicht von einem der Monster, das rief: „Danke, wir haben ihn." Ich gab zurück: „Gut, bis bald." Als ich aus der Höhle trat, fiel mir meine Mutter um den Hals. Sie sagte: „Wir haben dich zwei Stunden gesucht." Als wir heimliefen, nahm ich mir vor, nie wieder wegzulaufen.

# Emily Mayer

Emily Mayer, die beim Schreibwettbewerb den 2. Platz erreichte, wurde am 29.10.2010 geboren und wohnt mit ihren Eltern und ihrem älteren Bruder in Megesheim. Ihre Hobbies sind: Geschichten schreiben, lesen, malen, reiten, sowie Akkordeon und Querflöte spielen.

# Büchertraum

Am Wochenende liest Leoni viel und erfindet auch sehr gerne selber Geschichten, doch eines Tages passierte etwas Unerklärliches. Aber alles von Anfang an.

Leoni kam gerade aus der Schule, schnell machte sie ihre Hausaufgaben und ab ins Wochenende. Wie gewöhnlich schmökerte sie in ihrem Lieblingsbuch „Die Zeitmaschine". Leoni war wie verzaubert. Auf einmal las sie laut: „Der Wissenschaftler stieg in das silbern glitzernde Ei. Wird es ihn tatsächlich in die Vergangenheit bringen? Der Angstschweiß stand ihm auf der Stirn."

Sie wollte gerade weiterlesen, als sich plötzlich die Bilder bewegten und immer größer wurden. Fünf Sekunden später stand der Wissenschaftler vor ihr mit der Zeitmaschine und sprach zu ihr: „Hallo Leoni, ich kenne dich, du hast dieses Buch schon so oft gelesen und findest es immer wieder spannend."

Leoni bekam kaum einen Ton heraus. „Si… si… sind Sie echt?"

„Aber klar. Und sag, möchtest du mit mir in die Steinzeit mitkommen?", fragte er. Sie war immer noch fassungslos, aber sie stimmte natürlich zu. Beide stiegen nun in die Zeitmaschine. Sie begann sich zu drehen, immer schneller und schneller, plötzlich stoppte sie ruckartig. Leoni und der Wissenschaftler stiegen aus. Zwei Meter neben ihnen lag ein verletztes Babymammut, das sich anscheinend verlaufen hatte. Leoni hatte es sofort entdeckt. Es war ganz klar, sie mussten ihm helfen, nur wie?

Da hatte Leoni eine geniale Idee. „Wir könnten aus den Bambusstäben eine Trage bauen." Der Wissenschaftler war begeistert. Nun bauten sie also eine Trage aus Bambusstäben und Lianen. Fünfzehn Minuten später war sie fertig. Bevor sie aufbrachen, legte Leoni dem kleinen Mammut einen Verband an. Jetzt gingen also alle los, immer den Mammutspuren nach. Über einen Berg, weite Wälder und leere Flächen, durch einen Tunnel und durch Sand. Doch dann kam ein Fluss, aber das war kein wirkliches Hindernis. Sie bauten einfach eine Brücke und weiter ging's, über eine riesige, weite, leere Wiese. Einige Zeit später kamen sie an. Dort war eine Höhle und davor die Mammutfamilie. Sie setzten den Kleinen ab, riefen noch auf Wiedersehen und gingen wieder zurück: über die Wiese, über den Fluss und so weiter, bis zur Zeitmaschine und zurück in die reale Welt.

Das Mädchen sah sich das Buch an und stutzte. Es erzählte nun von ihrem Abenteuer. Auf dem letzten Bild zwinkerte der Wissenschaftler ihr zu. Sie lächelte zurück und fing an zu träumen.

# Salome Pfanz

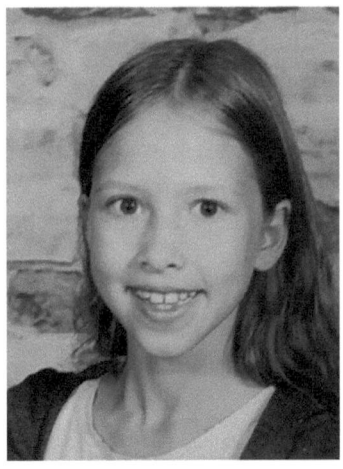

Salome Pfanz, wurde 2011 geboren und wächst als fünftes Kind mit ihrer Familie in Megesheim auf. Ihre Freizeit verbringt sie am liebsten draußen bei ihren Zwergkanninchen und bei ihrer kleinen Katze „Schnurri". Im Herbst geht sie oft mit ihren Geschwistern in den nahegelegenen Wald, um Pilze zu sammeln.

Zurzeit besucht Salome die 3. Klasse der Grundschule Megesheim. Neben den Aktivitäten im Freien hat sie auch großes Interesse an allen Schulfächern und liest mit Begeisterung unzählige Bücher. Mit viel Freude schreibt sie gerne eigene Geschichten. So ist im Februar 2021 bei ihr der Entschluss gereift, die Kurzgeschichte „Wo ist Schnurri" zu verfassen, mit der sie beim Schreibwettbewerb den 3. Platz erreichte.

# Wo ist Schnurri?

An einem schönen Nachmittag im Herbst gingen meine Geschwister und ich in den Wald, um Pilze zu sammeln. Plötzlich spürte ich zwei Pfoten an meinem Bein. „Das kann doch nicht wahr sein!", rief ich. War das wirklich meine Katze?

Tatsächlich! Mein kleines Kätzchen war mir gefolgt. Energisch befahl ich ihr: „Schnurri, geh sofort zurück, sonst verläufst du dich im großen Wald!" Doch Schnurri wollte nicht hören. Sie lief uns einfach nach. So warf ich beim Laufen immer ein Auge auf meine Katze. Auf einmal war sie verschwunden. Hatte ich sie wirklich verloren? „Mach dir keine Sorgen!", beruhigte ich mich selbst. Aber als Schnurri nach einigen Minuten noch nicht wieder aufgetaucht war, bekam ich ein seltsames Gefühl. Verzweifelt begann ich hinter den Bäumen zu suchen und rief immer wieder: „Schnurri, Schnurri!" Aber keine Reaktion, Schnurri machte sich nicht bemerkbar. Ich grübelte, wo sie denn sein könnte. Da, war da nicht ein Miauen? Ich hörte angestrengt, doch scheinbar hatte ich mich geirrt. „Wo steckt sie nur?", fragte ich mich. Ich wurde immer hektischer, da ich Angst um mein kleines Kätzchen hatte. „Wo soll ich noch suchen?" jammerte ich.

Da war das Miauen wieder, aber woher kam es? Angestrengt rief ich Schnurris Namen und wieder war ein Geräusch zu hören. Es wurde lauter und lauter, aber von meiner Katze war noch immer nichts zu sehen. Ich sah auf den Boden und entdeckte hinter einem Baum eine tiefe Grube. Ich bückte mich – und tatsächlich: Das Miauen kam aus dem Loch. Fieberhaft überlegte ich, wie ich Schnurri befreien könnte. Ich war allein, meine Geschwister waren inzwischen tiefer in den Wald gegangen, um nach leckeren Steinpilzen und Maronen zu suchen.

Aufgeregt kniete ich mich hin und versuchte Schnurri mit den Händen aus dem Loch zu heben. Doch meine Arme waren zu kurz. „Schnurri, hilf mir!", rief ich verzweifelt. Aber die Katze rutschte immer wieder ab. „Was soll ich nur machen?", schluchzte ich. Mir schossen tausend Gedanken durch den Kopf. Sollte ich einen Stock zu Hilfe nehmen? Doch der Stock, den ich Schnurri in das Loch reichte, war zu kurz. Sie konnte ihn nicht fassen. „Schnurri, halte durch, ich befreie dich!", rief ich meiner Katze zu. Ich nahm all meine Kraft zusammen und machte mich lang, ganz lang. Ich streckte meinen Arm aus und hielt den längsten Stock, den ich finden konnte, in das Erdloch. „Schnurri, komm mir entgegen!", versuchte ich die Katze zu locken. Und tatsächlich: Schnurri kletterte an dem Stock hoch.

Mit zitternden Händen versuchte ich sie zu greifen. Und super, es klappte! Ich bekam sie zu fassen. Mir fiel ein Stein vom Herzen. Schnurri war gerettet! Inzwischen waren auch meine Geschwister mit einem Korb voller Pilze zurückgekehrt. Erleichtert nahm ich Schnurri auf den Arm und trug sie nach Hause.

Seit diesem Tag achte ich immer darauf, dass Schnurri im Haus bei Mama ist, wenn ich mit meinen Geschwistern in den Wald gehe, um Pilze zu sammeln. Auf keinen Fall soll mein Kätzchen noch einmal in solch eine gefährliche Situation kommen.

# Das Weihnachtsgeschichtenbuch

**ISBN-13:** 9783748151159          9,99 €

**Ein tierisches Buch**

**ISBN-13:** 978-3-7448-9853-9        9,99 €